Les Silences de Victoire

Elisa Roncin

Les Silences de Victoire

*Édition : BoD · Books on Demand, 31 avenue
Saint-Rémy, 57600 Forbach, bod@bod.fr
Impression : Libri Plureos GmbH,
Friedensallee 273, 22763 Hambourg
(Allemagne)*

Impression à la demande
ISBN : 978-2-3225-9599-0
Dépôt légal : Juin 2025

« À la fac de médecine,
on a plus d'une centaine
d'heures sur comment lutter
contre la mort. Mais pas une
seule sur comment vivre avec... »

GREY'S ANATOMY

CHAPITRE 1

Une rentrée pas si terrible

Lundi 2 septembre, 6h30

Le son strident de mon réveil me sort brutalement du sommeil. Je tâte à l'aveugle la table de nuit, essayant d'atteindre mon téléphone pour faire taire cette horrible alarme. Mes yeux à peine ouverts, je jette un œil à l'écran : 4h32 de sommeil. Super. Voilà ce qui arrive quand on passe la moitié de la nuit à scroller sur son téléphone au lieu de dormir. Mais pourquoi je fais toujours ça ? Comme si regarder des vidéos et rafraîchir mon fil d'actualité encore et encore allait me détendre... Je savais pourtant que j'avais besoin de sommeil réparateur, surtout pour une journée aussi importante que celle-ci... mais non, impossible de m'empêcher de perdre mon temps sur les réseaux sociaux. En même temps, ce n'est pas tous les jours qu'on fait sa première rentrée universitaire ! Soudainement, l'excitation laisse place à une angoisse sourde qui me noue l'estomac.

Fac de médecine. Seule. Dans un amphithéâtre bondé.

Le scénario catastrophe tourne en boucle dans ma tête. Et si je ne me faisais aucun ami ? Et si tout le monde me regardait bizarrement ? Et si j'étais complètement perdue dès les premiers cours ? J'essaie de chasser ces pensées parasites et me lève d'un bond. Allez, respire, tout va bien se passer. Une douche rapide, un jean, un pull confortable. Pas question de perdre du temps sur ma tenue ce matin.

Je descends les escaliers en silence, espérant éviter le petit-déjeuner. La cuisine est déjà baignée de lumière. Ma mère, fidèle à elle-même, est debout devant le grille-pain.

— Julie, je t'ai préparé ton pain grillé à la confiture !

Je pousse un soupir discret. Pourquoi est-elle toujours si prévoyante ? Moi qui voulais partir l'estomac vide, c'est raté.

— Merci, maman, mais je n'ai vraiment pas faim...

Elle fronce les sourcils et croise les bras, me fusillant du regard. Vous savez, ce regard qui ne laisse aucune place à la négociation.

— Ah non, aujourd'hui, tu as besoin de manger, Julie ! Je ne veux pas que tu fasses un malaise dès ton premier jour à la fac. Tu ne pars pas sans avoir avalé quelque chose.

Je soupire discrètement. Je pourrais insister, mais je sais que c'est une bataille perdue d'avance. Ma mère gagne toujours.

— Bon, c'est gagné... je murmure en m'asseyant à table.

Je m'installe à table et commence à grignoter ma tartine du bout des dents, mais le stress me coupe l'appétit avec cette boule d'angoisse coincée au fond de la gorge. Pour penser à autre chose, je sors mon téléphone et consulte le compte Instagram de la faculté de médecine. Leur photo de profil affiche fièrement le majestueux bâtiment où je vais passer les prochaines années de ma vie. C'est là que je vais étudier. C'est réel. Je ressens un mélange d'excitation et d'inquiétude. C'est fou, quand j'y pense. Il y a quelques mois encore, je doutais d'être acceptée avec mes 14 de moyenne au lycée. Je me trouvais trop juste, pas assez brillante pour un parcours aussi exigeant. Mais contre toute attente, j'ai réussi. Je sais que ce sont des études compliquées mais je suis prête mentalement, je le suis depuis le collège, quand j'ai décidé que je serais neurochirurgienne pédiatrique.

Je repense à ce moment où j'ai découvert mon admission sur Parcoursup. Ce soir-là, seule dans ma chambre, mon cœur battait si fort que j'avais l'impression qu'il allait exploser. Je n'arrivais même pas à ouvrir l'application tellement je tremblais. Et puis, en un instant, tout a basculé. Acceptée. Partout. J'ai lâché un cri de joie qui a fait sursauter toute la maison. J'avais même été prise à Paris ! Mes parents, eux, n'avaient jamais douté. Ils avaient déjà prévu une bouteille de champagne, persuadés que leur fille réaliserait son rêve. C'était la première fois que je buvais autant. J'avais plaisanté en disant que c'était un entraînement pour les futures soirées étudiantes.

Je finis mon petit-déjeuner tant bien que mal et attrape mon sac. Ordinateur, feuilles, trousse, clés, carte de bus... tout est là. Un dernier regard à ma mère, une grande inspiration, et je sors de la maison, bien décidée à affronter cette nouvelle aventure.

Le trajet jusqu'à l'arrêt de bus est court, mais il me laisse le temps de cogiter encore un peu. Comment vont être les autres étudiants ? Est-ce qu'ils seront sympas ? Je chasse ces pensées en montant dans le bus et en saluant le chauffeur. Je m'installe près de la fenêtre et vérifie le trajet. 35 minutes de route, puis encore 5 minutes à pied pour atteindre le bâtiment. Un soupir m'échappe. Vivement que j'aie mon permis. C'est étrange de me dire que c'est la première fois que je me rends seule en cours en bus. Mon lycée était à dix minutes à pied de chez moi, je n'avais jamais eu besoin des transports. Tout est si différent... J'ai déjà testé ce trajet une fois cet été, mais aujourd'hui, c'est différent. Aujourd'hui, c'est réel.

Lorsque le bus s'arrête devant le campus, je sens mon cœur s'accélérer. C'est immense. Bien plus grand que dans mes souvenirs des journées portes ouvertes. J'inspire profondément et me dirige vers l'entrée.

Et là... choc. C'est QUOI tout ce monde ?!

Je n'ai jamais vu autant d'étudiants rassemblés au même endroit. Dans mon petit lycée de banlieue, nous étions 300 à tout casser. Ici, nous sommes des milliers.

J'essaie de rester impassible, de donner l'impression que je gère, mais intérieurement, c'est la panique totale.

Je me fraie un chemin parmi la foule et repère enfin mon bâtiment. Heureusement, de grandes flèches indiquent la direction à suivre. Je suis une file d'étudiants qui semblent tout aussi perdus que moi et finis par pénétrer dans l'amphithéâtre principal. Un homme s'avance, micro en main. Probablement le directeur. Il nous invite à entrer dans l'amphi pour la réunion de rentrée. Je m'arrête un instant, impressionnée. 1200 places. Chaque siège est occupé ou en passe de l'être. Je prends une profonde inspiration et m'installe vers le milieu, laissant un siège libre à côté de moi. J'allume mon ordinateur, prête à prendre des notes, quand une réalité me frappe de plein fouet : nous sommes 1200. Mais seuls 125 d'entre nous réussiront en médecine.

10%. Dix pauvres pour cent. Un chiffre minuscule. Une statistique terrifiante.

Je déglutis. Il faut que je fasse partie de ces 10%. Je me l'étais promis le jour où j'ai décidé de devenir médecin. Quitte à travailler jour et nuit, à sacrifier mon sommeil, à renoncer aux week-ends, je ne laisserai rien m'arrêter. J'y arriverai.

Je suis absorbée dans mes pensées quand un bruit me fait sursauter : BANG ! La porte de l'amphi claque brutalement, attirant tous les regards. Une fille essoufflée surgit, visiblement stressée.
— Excusez-moi ! Il y avait plein de bouchons sur la route...

Le directeur fronce les sourcils et répond d'un ton sec :
— Allez vous installer.

Elle monte rapidement les escaliers et cherche une place du regard. Elle a l'air sympa. À ma grande surprise, elle s'arrête à ma hauteur et me tapote l'épaule avec un sourire gêné :
— Je peux m'installer ici ?

Je relève la tête et croise son regard. Un sourire.

Peut-être que cette année ne sera pas si terrible, finalement.

CHAPITRE 2

Déjà en retard ?!

Ma main sort de sous la couette et écrase le réveil d'un coup sec. Pendant quelques secondes, j'hésite à rester enfouie sous la chaleur de mes draps. Juste cinq minutes de plus... Puis la réalité me frappe. Aujourd'hui c'est le grand jour ! Premier jour à la fac ! Un mélange d'excitation et d'adrénaline me traverse. Je me lève d'un bond, mon cœur tambourinant dans ma poitrine. Je commence officiellement ma première année de médecine. Celle que j'ai tant attendue. Alors, pas question d'être en retard ! J'ai prévu large : réveil à 6 h, départ à 7 h, trajet de 30 minutes, histoire d'être en avance. Je file sous la douche, l'eau chaude achevant de me réveiller. Dans ma tête, je me répète que j'ai prévu large pour le timing : tranquille. Enfin... ça c'était en théorie. Parce qu'en réalité, à 6 h 45, je suis encore en train de danser dans ma chambre en chantant n'importe quoi en me brossant les dents. J'ai déjà changé trois fois de tenue :

Option 1 : Jean slim, chemise blanche, un peu trop sérieux.

Option 2 : Jogging, sweat à capuche... trop décontracté, trop « je viens de sortir du lit »

Option 3 : Jean large, pull coloré ? Parfait, ça fait « cool mais appliquée ».

Pendant que j'enfile mes chaussettes, j'attrape mon téléphone et en profite pour jeter un coup d'œil aux réseaux. Mon feed est rempli de stories sur la rentrée : photos de campus, selfies avec des légendes comme "Nouvelle vie, c'est parti !" ou "L'université, me voilà !". J'ai un sourire en coin. J'adore cette effervescence.

— Victoire, tu ne devais pas partir à 7 h ?

Ma mère passe la tête dans ma chambre, l'air mi-amusé, mi-exaspéré. Je jette un regard à l'horloge. 7 h 10. Oups. Les mauvaises habitudes du lycée reprennent. Je pense au nombre de fois où ma mère a dû m'y emmener car j'étais en retard... elle était déjà exaspérée !

— T'inquiète je gère !

Je dis ça en enfilant mes baskets en sautillant sur un pied. Je balance mon sac sur l'épaule, attrape une pomme dans la cuisine, et file vers la voiture. Je m'installe avec un sourire. Premier jour, nouvelle vie. Je suis tellement excitée que j'en oublie presque que c'est un défi énorme qui m'attend.

J'aurais dû partir plus tôt. Beaucoup plus tôt. Parce qu'à peine ai-je rejoint la route principale que je me retrouve... coincée. Bloquée. Piégée. Étouffée entre deux files de voitures qui n'avancent pas. Un lundi matin, en pleine rentrée ? Quelle idée aussi !

Je serre le volant, soupire, tape nerveusement sur mon volant. Mais pourquoi tout le monde a décidé de sortir à cette heure-ci ?! Les minutes passent et mon impatience grandit. À chaque feu rouge, je vérifie mon téléphone. 7h30. Puis 7h40.

— Allez, mais avancez, bon sang !

Mon impatience grimpe en flèche. Je vérifie Google Maps : 20 minutes de retard estimé.

Panique.

Je commence à envisager toutes les solutions possibles. Sortir de la voiture et courir ? Monter sur le toit et sauter de capot en capot comme dans un film d'action ? Bon, non, il faut que je reste réaliste.

8 h 00

— C'EST PAS VRAI !

La file se met à bouger un peu. Allez, allez, plus vite ! Je m'engouffre dans le premier parking que je trouve et coupe le moteur en vitesse. Il me reste à peine cinq minutes pour traverser le campus. Je sors de la voiture en trombe et commence à courir, mon sac battant contre mon dos. Les bâtiments défilent autour de moi, mais je n'ai pas le temps de m'extasier. J'ai déjà un sens de l'orientation pourri alors pour retrouver un bâtiment dans cet immense campus... Je cours à travers, dépassant des groupes d'étudiants qui me regardent, sans doute intrigués par cette fille qui semble fuir une apocalypse imminente. Ma seule mission : arriver avant que la réunion ne commence. Je finis par repérer une grande flèche avec écrit « Amphithéâtre A » et fonce dans cette direction.

Presque... presque...

Je me précipite vers la porte de l'amphi et... évidemment, elle résiste. J'appuie plus fort. Toujours bloquée.

— Mais c'est une blague ?!

Un garçon me fait signe à travers la vitre.

— Faut tirer, pas pousser !

Évidemment, il fallait bien que je me plante comme ça dès la rentrée... J'ouvre d'un coup sec et manque de trébucher en entrant. Et là... Silence. Des centaines de têtes se tournent vers moi. 1200 étudiants, et moi, au centre de l'attention.

Bon. Autant assumer. Je reprends mon souffle et lance avec un sourire :

— Excusez-moi ! Il y avait plein de bouchons sur la route.

Le directeur me scrute une seconde et lâche, l'air blasé :

— Allez vous installer.

Aussitôt dit, aussitôt fait. Je monte rapidement les escaliers de l'immense amphi à la recherche d'une place libre. Mon regard balaye la salle. Waouh. C'est gigantesque. Une vraie fourmilière. Autour de moi, des étudiants sont déjà plongés dans leurs ordinateurs ou discutent à voix basse. Je repère des visages stressés, d'autres surexcités. Où est-ce que je vais bien pouvoir m'asseoir ?

C'est là que je la vois. Une fille assise seule au milieu de l'amphi, absorbée par son ordinateur. Un air sérieux, concentré. Un peu tendue. Elle semble prête à tout donner.

Parfaite candidate pour ma future amie ! Je me faufile jusqu'à elle et, avec mon plus beau sourire, je tapote doucement son épaule.

— Je peux m'installer ici ?

Elle relève la tête, visiblement surprise. Pendant une seconde, j'ai peur qu'elle me dise non. Et si elle préférait rester seule ? Et si je la dérangeais ? Puis finalement elle acquiesce en esquissant un sourire timide.

Gagné.

Première journée, première rencontre.

Je m'installe à côté d'elle, posant mon sac avec un soupir de soulagement. Je suis enfin arrivée. Alors que le directeur reprend la parole, je jette un dernier regard autour de moi. Cette salle, ces étudiants, cette atmosphère si particulière... C'est le début d'une aventure.

Et quelque chose me dit que cette année va être bien plus intense que ce que j'imagine.

CHAPITRE 3

Une première semaine mouvementée

La première semaine en médecine commence fort. Dès le matin, je sens cette tension palpable dans l'air. La rentrée à la fac, c'est comme un grand saut dans l'inconnu. Tout le monde semble stressé, même ceux qui prétendent que tout va bien. L'adrénaline est partout, et j'ai du mal à m'y habituer. Il faut dire que l'amphithéâtre est bondé, et même si je m'étais préparée mentalement, il y a des moments où je me sens minuscule parmi tous ces étudiants.

Dès le début de la semaine, j'ai un peu de mal à suivre. Les cours arrivent en rafale, avec des profs qui parlent à une vitesse folle, et moi qui essaie de prendre des notes tout en comprenant ce qu'ils disent. Anatomie, biologie cellulaire, biochimie... tout s'enchaîne à une vitesse impressionnante. Je regarde mes notes, pleines de flèches et de codes que je ne comprends pas moi-même.

Mais il y a un petit truc qui me fait sourire : Victoire. Depuis le premier jour, elle est devenue ma complice. Même si on se retrouve dans ce tourbillon de cours et de travail, elle est toujours là, avec son sourire, son énergie et son enthousiasme débordant. Dès que l'une de nous deux est un peu perdue ou triste, l'autre est là pour lui remonter le moral. À elle seule, elle transforme même la pause déjeuner en une fête. Je commence à me dire que je n'aurais pas pu choisir meilleure voisine de bureau. Elle arrive à me faire oublier le stress, même quelques minutes. Elle me donne de l'énergie, et je crois que c'est exactement ce dont j'ai besoin pour affronter cette année.

Mais là, c'est la première fois que je me sens vraiment perdue... Après une série de cours théoriques interminables, nous avons une réunion de groupe pour préparer un premier travail en connaissance du médicament, sur un truc que j'ai vaguement compris concernant les récepteurs à activité enzymatique. Victoire est déjà en train de discuter avec un groupe d'étudiants qu'elle vient de rencontrer, les autres semblant aussi à l'aise qu'elle. Moi, je reste un peu en retrait, pas sûre de comment m'intégrer dans ce groupe de génies de la pharmacologie, ou de comment contribuer à une discussion qui me dépasse complètement.

— Tu veux venir avec moi ?

Victoire se tourne vers moi avec un grand sourire. Je hoche la tête, un peu hésitante, et la suis. Elle m'entraîne dans la discussion, posant des questions, prenant des notes et faisant des blagues pour détendre l'atmosphère. Très vite, je me sens plus à l'aise. C'est comme si son optimisme et sa façon d'aborder les choses m'aidaient à retrouver ma place parmi tout ce monde.

— Kinase, kinase... ça sonne comme une menace genre « t'as intérêt à comprendre ou je kinase ta moyenne ».

J'étouffe un rire, difficile avec la fatigue qui s'accumule. On finit par terminer notre travail, en riant et en se rassurant mutuellement qu'on y arriverait, même si la tâche semblait presque insurmontable.

À la fin de la semaine, les journées commencent à être longues. Les cours sont de plus en plus intenses et les matières de plus en plus techniques. C'est comme si chaque jour apportait son lot de nouvelles informations qu'on doit ingurgiter à toute vitesse. Les soirs, on se retrouve à la bibliothèque, moi et Victoire, à passer des heures à revoir nos cours et à tenter de comprendre les parties les plus complexes.

— Ça va, tu tiens le coup ?

Victoire me lance ces mots au milieu de l'une de nos sessions de révisions. Je suis épuisée, mes yeux me brûlent, mais je n'arrive pas à me concentrer sur autre chose que le travail à faire. En plus, on se rend vite compte que les examens arrivent beaucoup plus tôt qu'on ne l'avait imaginé. Il n'y a pas de place pour les erreurs, pas de temps pour souffler.

— Je crois que je vais dormir ici ce soir.

Victoire rigole et ajoute, pleine d'entrain :

— Ouais, pourquoi pas ! Tu veux que je ramène des plaids et des coussins ? Je ramène aussi une bouteille isotherme de café tant qu'on y est, comme ça le cours d'embryologie va passer tout seul !

Ce soir-là, on s'installe dans un coin de la bibliothèque. Les autres étudiants autour de nous sont tout aussi concentrés, certains la tête dans leurs livres, d'autres en train de boire des cafés pour tenir le coup. Victoire m'avoue qu'elle est aussi fatiguée que moi, mais son optimisme est contagieux. On se fait des promesses silencieuses, à notre manière : on ne lâchera rien.

Puis tout doucement, le premier mois de cours touche à sa fin, et avec lui, le sentiment de survie que j'ai réussi à entretenir jusqu'ici. Le travail ne s'arrête jamais. Le matin, Victoire et moi nous retrouvons, cette fois-ci à la cafétéria du campus, pour un petit déjeuner rapide avant de continuer à réviser.

— Je crois que je vais devenir accro au café.

Victoire rigole et hoche la tête.

— Je te comprends ! C'est notre nouvelle boisson préférée !

Et dire que je détestais le café avant d'arriver ici ! C'est étrange de se dire que tant de choses peuvent changer en si peu de temps.

L'ambiance est bien différente ce matin-là. Il y a une sorte de légèreté qui flotte autour de nous, malgré la charge de travail. Peut-être que, finalement, il y a un petit peu de place pour rire, même dans ce tourbillon de cours, de révisions et de tests. À côté de nous, des étudiants se lancent dans des discussions sur les cours, d'autres regardent déjà leurs plannings pour les semaines à venir. Mais pour nous, ces moments de calme sont précieux.

C'est pendant ce week-end que je réalise que, même si ce mois a été l'un des plus difficiles de ma vie, il y a aussi eu des moments de bonheur dans tout ce chaos. Victoire et moi avons partagé tellement de rires et de discussions sincères entre deux révisions. Et plus je la connais, plus je comprends que ce n'est pas juste son enthousiasme et sa joie de vivre qui m'inspirent : c'est sa manière de tout prendre avec le sourire. Elle a ce talent de rendre même les moments les plus stressants un peu plus légers, un peu plus supportables.

Ce soir-là, en rentrant chez moi, je me laisse tomber sur mon lit, épuisée. Je sais que la semaine à venir sera tout aussi chargée, mais pour la première fois depuis longtemps, je me sens prête. Parce qu'avec Victoire à mes côtés, et avec toute l'énergie que j'ai accumulée durant ce dernier mois, je sais que je vais pouvoir surmonter tout ça. Peu importe les obstacles, peu importe la fatigue. On va y arriver, ensemble.

CHAPITRE 4

Les lumières dansantes

La semaine a été longue, intense et épuisante. Entre les cours, les travaux de groupe, les révisions tardives à la bibliothèque et les premières évaluations, il est presque impossible de ne pas être complètement rincé. Mais, à peine avons-nous eu un moment de répit, qu'une invitation tombe : la première soirée médecine. Un événement organisé par les étudiants de deuxième année pour se rencontrer, se détendre un peu, et... découvrir un peu plus cette fameuse "vie étudiante" qu'on nous avait promise. Les redoublants nous avaient dit qu'on s'en souviendrait toute notre vie, ou qu'on ferait tout pour l'oublier.

Après un mois à fuir les distractions, il est grand temps de se donner un peu de légèreté. Après tout, on n'a pas fait tout ce chemin pour se laisser submerger sans jamais profiter des moments qui comptent. Julie est un peu hésitante, je l'avoue, mais avec mon énergie débordante, je ne lui laisse pas le choix.

— Allez, Julie, on y va, on va se détendre un peu !

Elle acquiesce, même si je sens qu'une partie d'elle s'inquiète de ne pas savoir comment ça va se passer. Les soirées étudiantes, c'est pas vraiment son truc, mais je me dis qu'il est peut-être temps de se lancer dans l'inconnu.

Julie fait un dernier tour devant le miroir, enfilant une robe simple mais confortable. J'ai opté pour un look décontracté, une chemise à carreaux et un jean déchiré, les cheveux lâchés, et des baskets bien blanches. Je suis vraiment pressée, on va enfin pouvoir découvrir le fameux engouement autour des soirées médecines ! Julie se demande si elle est prête à voir tous ces étudiants en dehors des cours.

— Julie, ça va aller. C'est qu'une soirée, et puis tu verras, tu vas t'amuser !

Mais elle est encore un peu nerveuse. Tout ça lui semble trop nouveau, trop grand, et elle n'est pas encore certaine de qui elle veut être dans ce nouvel univers. Mais elle se décide à me suivre. Il faut bien commencer quelque part.

Nous avions réussi à nous glisser dans le rythme frénétique des cours, à apprivoiser la jungle des amphis, des profs au débit mitraillette, les schémas à apprendre par cœur. On s'accrochait, on se soutenait. Et ce soir, j'ai bien décidé qu'il était temps de souffler.

La salle est bondée. La musique pulsait fort et les stroboscopes balayent la foule en saccades. Des gens rient, dansent, se déhanchent, boivent plus vite que de raison. Une odeur de sueur, de bière et de parfums bon marché flotte dans l'air.

— On est vraiment des bébés ici, souffle Julie avec un sourire en coin, jetant un regard autour d'elle. T'as vu comme les deuxièmes années se la jouent déjà ?

Je ris. Je me sentais légère ce soir-là, grisée par l'idée qu'on arriverait peut-être à entrer en deuxième année un jour. Après des mois de révisions, les larmes, les nuits blanches, les doutes... on allait finir par réussir. Ensemble. Et c'était notre première vraie soirée de médecine.

J'entraîne Julie vers un bar improvisé et commande deux verres.

— Allez, on trinque à notre premier mois de survie, je finis par lancer en tendant le gobelet à Julie.

Je me sens légère, là avec Julie, après un mois dans le tumulte de cours. J'ai tellement envie d'y croire.

On s'installe sur un des canapés défoncés du fond de la salle, où un groupe de six ou sept étudiants discutait à voix basse. Parmi eux, je reconnus Carla.

Carla, c'est une fille du même groupe de travaux dirigés que moi. Brillante, charismatique, toujours bien entourée. Julie ne l'apprécie pas spécialement mais n'y prête pas trop attention. Moi, je n'ai jamais trop su comment me positionner face à elle. Carla a ce sourire poli mais un peu trop tranchant, et cette manière de poser ses yeux sur vous qui vous ferait frémir. Elle est toujours impeccable, les cheveux attachés avec une mèche parfaite, un cocktail à la main, entourée comme une reine. Je ne suis pas proche d'elle, mais dans les amphithéâtres, je l'avais souvent remarquée. Belle, brillante, sûre d'elle. Le genre de personne qui semble ne jamais douter, ne jamais faillir. Je m'étais contentée de l'observer de loin, admirative peut-être, un peu intimidée aussi.

Elle s'approche.

— Victoire ! s'exclame-t-elle, un peu trop fort. On ne t'attendait pas ici. T'as quitté ta bibliothèque pour une fois ?

Ses amies gloussèrent autour d'elle.

Julie rit jaune. Elle n'aime pas ce ton. Mais comme d'habitude, je souris.

— Faut bien fêter notre premier mois de survie, non ?

— C'est vrai... Surtout pour celles qui bossent trois fois plus pour y arriver, non ?

Un rire. Carla me regardait fixement, les yeux brillants d'un éclat qui n'avait rien d'amical. J'ai légèrement détourné la tête et Julie haussa les sourcils.

— T'as un problème, Carla ?

— Aucun, répondit-elle avec un sourire mielleux. Je trouve juste ça... touchant, la motivation de certaines.

Julie allait répliquer, mais je lui ai attrapé le bras pour l'entraîner vers la piste.

— Laisse tomber, je lui murmurai.

— Mais elle se fout clairement de toi, Victoire.

— Ce n'est rien. Elle est juste... comme ça.

Ce n'était rien. Je me répétais cette phrase en boucle, comme un mantra. Je ne voulais pas envenimer les choses. Ce n'était qu'une pique, rien de bien grave. Mais un poids minuscule venait de s'ajouter sur ma poitrine. Un poids discret. Presque imperceptible.

La soirée avançait, les corps se mêlaient, l'alcool montait. Julie était partie retrouver des filles avec qui elle travaillait en TD. Je me suis retrouvée quelques minutes assise seule, mon verre à la main. Je ne sais pas trop si j'ai envie de danser ou de me poser un peu. J'erre entre deux groupes, plutôt mal à l'aise quand Carla vient me retrouver.

— Victoire, c'est ça ? demande-t-elle avec un sourire arrogant.

— Oui... c'est moi. Carla, non ?

— Exactement. Je voulais te féliciter pour ta dernière note en colle d'anat.

Je rougis, assez surprise.

— Merci, c'est gentil. J'ai beaucoup travaillé...

— Oh, je n'en doute pas. Tu as une tête à bosser comme une folle, tu sais. Le genre à tout surligner dans ses polys et à poser des questions en amphi, même quand c'est inutile.

Le ton avait glissé. Légèrement. Pas assez pour que cela soit qualifié de méchant. Mais suffisamment pour que je sente une tension dans ma poitrine. Je n'arrivais pas à savoir si c'était une blague ? Une remarque ? Alors je souris vaguement, mal à l'aise.

— Je suppose que j'aime bien comprendre...

— Bien sûr, bien sûr, répond Carla, son sourire figé. Continue comme ça. On a toujours besoin de petites premières de la classe dans nos groupes de stage à partir de la deuxième année.

Carla me détailla des pieds à la tête.

— Je parie que t'es du genre à bosser jusqu'à deux heures du mat', à vouloir tout apprendre par cœur comme si ta vie en dépendait. Tu veux te rassurer, hein ?

— Pardon ?

— C'est pas un reproche. On est toutes différentes. Moi je préfère profiter de mes soirées, pas les noyer dans l'angoisse.

Elle s'éloigne avec un clin d'œil, me laissant seule, comme si de rien n'était, retournant avec son groupe. Je pris une grande inspiration. J'avais comme une sorte de malaise qui s'installait.

Je suis restée figée une seconde, le cœur battant un peu trop fort. Pourquoi cette remarque m'avait-elle dérangée ? Était-ce dans ma tête ? Je finis par chercher Julie du regard, puis la vit discuter, détendue. Je n'ai pas osé l'interrompre.

CHAPITRE 5

Le début de l'enfer

Le lundi suivant, les amphis étaient de nouveau remplis. Victoire avait enfilé son jean préféré, un pull ample et son éternel sourire, comme une armure. Julie, fidèle au poste, l'attendait à l'entrée, son sac en travers du dos et un gobelet de café dans la main.

— Prête pour affronter la jungle ? demanda Julie en riant.

— Prête à dompter les lions, répondit Victoire avec une assurance un peu surjouée. Mais à l'intérieur, une angoisse sourde lui serrait la gorge. Depuis la soirée, une gêne persistante l'accompagnait. Elle n'arrivait pas à mettre de mots dessus, juste une impression désagréable, comme une trace invisible qu'on aurait laissée sur elle.

Carla.

Elle ne l'avait pas revue depuis la soirée. Mais les échos de celle-ci flottaient encore autour d'elle, comme un parfum entêtant qu'on ne parvient pas à dissiper. Et elle s'en voulait. De ne pas avoir répondu. D'avoir fui. D'avoir rougi. D'avoir tremblé. Et plus encore de se demander si elle avait rêvé ou exagéré.

Dans l'amphi, elles s'installèrent côte à côte, comme toujours. Victoire ouvrit son ordinateur, tapa le titre du cours qui arrivait, et attendit. Le professeur entra et les conversations s'apaisèrent. Les premiers mots du cours tombèrent, secs, techniques. Mais à peine dix minutes plus tard, Victoire sentit un regard. Ce genre de regard qu'on ne peut pas ignorer. Elle tourna doucement la tête, croisa les yeux de Carla, trois rangs derrière, un air moqueur sur le visage.

Elle soutenait son menton dans sa main, comme désinvolte, mais ses yeux, eux, disaient autre chose. Victoire baissa immédiatement les siens. Le cœur battant. Julie, absorbée par ses notes, ne vit rien.

Le cours de biochimie sembla durer une éternité. Chaque mot prononcé par le professeur se noyait dans le bourdonnement sourd de l'anxiété. À la sortie, Victoire voulut en parler, dire quelque chose, même une phrase floue. Mais elle ne sut pas par où commencer.

— Tu trouves pas Carla un peu… étrange ? lança-t-elle timidement alors qu'elles traversaient le hall.

Julie haussa les épaules, sans comprendre.

— Qui ça ? Carla ? Bof. Elle m'a jamais vraiment parlé. Pourquoi ?

— Rien, laisse tomber.

Elle ne voulait pas en faire une histoire. Elle se dit qu'elle se faisait sûrement des idées. Qu'elle était trop sensible. Que peut-être, c'était elle, le problème. Elle avait toujours eu ce côté trop perméable aux humeurs des autres.

Mais les jours suivants, ça recommença. Et ça devint un schéma.

Les regards dans les couloirs. Les ricanements à peine étouffés dès qu'elle passait devant Carla et sa bande : « Elle s'accroche, hein. », « On dirait qu'elle bosse pour deux. », « Tu crois qu'elle pense avoir une chance ? ». Puis les messages anonymes sur Insta. Un cœur noir laissé sous une photo, puis retiré. Des stories ambiguës qui semblaient adressées à elle sans jamais la nommer. Des mots flous. "Certaines feraient mieux de rester invisibles." "On voit à travers les masques."

Et Julie... Julie ne voyait rien.

Victoire aurait voulu lui en parler. Elle aurait voulu dire : *quelque chose ne va pas.* Mais à chaque fois que l'idée lui effleurait l'esprit, une voix intérieure la retenait. Celle qui disait *tu exagères, c'est pas du harcèlement, tu es trop sensible.* Et puis, Julie avait l'air si heureuse de cette rentrée, si pleine d'espoir. Victoire ne voulait pas abîmer ça.

Alors elle se contentait de dire : *je vais bien.* Et Julie la croyait.

Elles révisaient ensemble, riaient encore parfois. Mais Victoire se renfermait lentement, silencieusement. Elle s'excusait plus souvent, et se sentait de trop même en étant entourée.

Un soir, alors qu'elles révisaient dans la chambre de Julie, celle-ci lâcha un soupir :
— Tu sais que t'as changé depuis la rentrée ? T'es moins là. Moins... toi.

Victoire sentit sa gorge se nouer.

— Je suis juste fatiguée, dit-elle en souriant. Les partiels approchent. Et puis, le stress, tout ça...

La fatigue. Un mot pratique, qui passait partout. Julie hocha la tête et lui parla de leur futur cours en anatomie avec un médecin réputé. Victoire sourit. Elle lui faisait confiance. Et Victoire s'y raccrocha comme à une bouée : la confiance de Julie, c'était sa seule certitude. Elle ne pouvait pas la décevoir. Elle ne voulait pas l'inquiéter. Alors elle continua à prétendre.

Carla, elle, semblait s'amuser. Elle ne faisait rien d'assez concret pour être dénoncée. Rien de flagrant. Juste des soupirs appuyés quand Victoire posait une question en TD, des sourires faux quand elle parlait à un prof, des compliments empoisonnés qu'elle lâchait devant les autres : « T'es courageuse de porter ce genre de pull... moi j'oserais pas. » ou : « T'as eu 14 en anatomie ? Wah, c'est bien. Comme quoi, tout est possible. »

Victoire se figeait, encaissait, puis haussait les épaules en ricanant. Elle faisait comme si ça glissait. Mais ça s'incrustait.

Et Julie ? Elle voyait les petites piques, les sourires en coin, mais elle n'y accordait pas d'importance. Pour elle, c'était des rivalités banales. Des jalousies entre étudiantes, classiques. Elle n'imaginait pas un instant la toxicité derrière.

Un jour, Victoire reçut un message privé : « Tu crois que les autres ne voient pas à quel point t'es fausse ? Même Julie finira par s'en rendre compte. »

Pas de nom. Pas de photo. Mais elle savait.

Elle montra l'écran à Julie, hésitante.

— Tu crois que c'est quelqu'un qu'on connait ? murmura-t-elle.

Julie fronça les sourcils.

— Franchement... peut-être. Mais tu sais, les gens sont jaloux. Tu t'en sors bien, t'es brillante. C'est sûrement juste une rageuse derrière un faux compte.

Victoire hocha la tête, en silence. Mais ce qu'elle entendit, au fond, c'était : ce n'est pas grave. Ne fais pas une montagne. C'est le jeu.

Alors elle se tut.

Encore.

Et Carla, elle, continuait.

Fin octobre, les jours raccourcissaient. Les révisions devenaient plus denses. Et l'épuisement de Victoire s'intensifiait. Elle dormait mal et elle mangeait peu. Mais elle se maquillait, elle souriait. Elle riait à toutes les blagues de Julie.

Elle arrivait à donner le change. C'est ce qu'il fallait, le plus longtemps possible.

Elle pensait qu'elle pouvait gérer, c'est ce qu'elle devait faire.

Un matin, en sortant de l'amphi, Victoire retrouva une feuille pliée dans sa trousse. C'était une fiche de révision qui n'était pas à elle. Elle l'ouvrit. Au verso, quelques mots griffonnés au stylo noir : « Tu fais vraiment pitié. Change de vocation. »

Le monde sembla se figer autour d'elle. Elle regarda autour, cherchant un visage connu. Mais tout le monde bavardait comme si de rien n'était. Julie, plus loin, riait avec une autre étudiante.

Victoire déchira la feuille en petits morceaux qu'elle jeta dans la première poubelle. Et, comme toujours, elle ne dit rien.

Elle passa sa journée comme un fantôme. Présente sans l'être. Julie remarqua son silence.

— T'es sûre que ça va ?

— Oui, juste un coup de fatigue. C'est bientôt les exams tu sais.

Elle avait mal à la gorge, à la poitrine, au ventre. Et pourtant, elle souriait.

Un soir, après une longue journée de cours, Victoire reçut un message anonyme sur Instagram. Un compte sans photo, sans abonné.

« Continue comme ça et tu vas finir seule, comme tu le mérites. »

Elle eut la nausée. Elle mit son téléphone en mode avion et le balança sur son lit.

Elle aurait pu en parler. À Julie. À quelqu'un. Mais elle avait peur de ne pas être crue. Ou pire : qu'on la prenne pour une victime qui dramatise.

Elle enfila son sweat trop grand et se roula sous sa couette, les yeux brûlants. Et dans la pénombre, elle pensa : *Je vais bien. Ce n'est rien. Ça va passer.*

Mais ça ne passait pas.

À la Toussaint, elles partirent quelques jours en Bretagne chez les grands-parents de Julie. L'air marin, les balades, le calme. Victoire retrouva un équilibre. Rires, souvenirs, photos. Elle allait mieux, elle y croyait. Elle se dit que peut-être, c'était derrière elle.

Mais le lundi de la rentrée, en rentrant dans l'amphi, Carla lui adressa un sourire.

Pas un sourire joyeux. Un sourire venimeux. Et Victoire sut que rien n'était fini.

Et que Julie ne comprendrait peut-être jamais.

CHAPITRE 6

Tout va bien

Le deuxième semestre s'annonçait intense, et Julie était bien décidée à donner son maximum. Elle s'était fixé des objectifs clairs : se concentrer sur les cours, perfectionner sa méthode de travail et, surtout, profiter de cette année avec Victoire. Leur amitié était un repère stable dans ce tourbillon d'exigences et d'attentes.

Victoire, de son côté, affichait toujours le même sourire radieux, cette même énergie qui semblait ne jamais faiblir. Pourtant, derrière cette façade, quelque chose s'effritait lentement.

La routine universitaire avait quelque chose de rassurant. L'euphorie des premiers mois de cours était retombée, laissant place à une mécanique bien rodée : les révisions, les TD, les nuits trop courtes. Victoire et Julie formaient toujours un duo inséparable, partageant leurs cours, leurs pauses-café et leurs doutes sur l'avenir. Après la fête où tout avait basculé, Victoire s'efforçait de retrouver un semblant de normalité. Julie et elle s'installaient souvent dans leur coin habituel de la bibliothèque, travaillant en silence ou échangeant des anecdotes sur leur journée. Aux yeux de Julie, tout allait bien. Victoire souriait, riait même, et rien dans son attitude ne semblait indiquer qu'un orage grondait en elle. Mais Victoire jouait un rôle.

Chaque matin, elle enfilait son masque, rempli de sourires et de phrases légères. Elle savait que Julie s'inquiétait parfois, qu'elle lui lançait des petits regards insistants quand elle la voyait trop fatiguée, trop silencieuse. Alors, Victoire redoublait d'efforts pour la rassurer.

— Ça va, Julie, je t'assure. Juste un peu fatiguée, comme tout le monde.

Et Julie la croyait. Parce qu'elle voulait la croire.

Le harcèlement de Carla ne s'était pas arrêté. Il avait simplement changé de forme, devenant plus insidieux, et silencieux. Elle n'avait pas besoin de mots, ses regards suffisaient. Des regards noirs, appuyés, méprisants, que Victoire croisait à chaque instant. Il y avait aussi ces murmures, ces éclats de rire à son passage, ces discussions qui s'arrêtaient net lorsqu'elle approchait. Rien d'assez concret pour être dénoncé, rien d'assez évident pour qu'on puisse dire « c'est du harcèlement ». Mais c'était là, insidieux, omniprésent. C'était un poison invisible, une ombre qui la suivait sans relâche. Mais Julie ne voyait que ce que Victoire lui montrait.

— Tu veux un café ? demanda Julie, un matin en étouffant un bâillement.

— Oui, je veux bien, répondit Victoire avec un sourire.

Elle était toujours fatiguée ces derniers temps. Mais qui ne l'était pas en médecine ? Alors Julie ne se posait pas plus de questions.

Dans la file d'attente du distributeur, Carla se trouvait juste derrière elles, accompagnée de ses amies. Elles chuchotaient, riaient doucement. Julie n'y prêta pas attention, mais Victoire, elle, sentit déjà la sensation habituelle de son estomac se nouer.

— Alors Victoire, ça va ? lança soudainement Carla, son ton faussement amical.

— Oui, ça va, répondit Victoire en forçant un sourire.

Carla hocha la tête, un sourire en coin.

— Tant mieux. Parce que vu ta tête, on dirait pas.

Un rire étouffé derrière elle. Victoire serra les poings mais garda son masque. Julie, elle, était déjà concentrée sur autre chose, pianotant sur son téléphone.

— Allez, viens, on va être en retard, dit Julie en lui tendant son café.

Puis Victoire la suivit, en silence.

Tout a continué à déraper doucement. Un message anonyme sur un groupe Facebook d'étudiants : *"Certaines personnes feraient mieux de lâcher la fac au lieu de nous encombrer inutilement en amphi."* Ce n'était qu'un message parmi tant d'autres, sans nom, sans cible apparente. Mais Victoire avait su à ce moment-là. Elle l'avait senti, comme une évidence glaçante. Ce genre de phrase ne sortait pas de nulle part. Carla et son groupe avaient toujours eu ce talent particulier pour jouer avec la subtilité, pour rendre leurs attaques impossibles à prouver. Sont arrivés les textos anonymes, des phrases courtes, venimeuses, qui apparaissaient sur son écran comme des coups de poignard en plein cœur.

« *Tu crois qu'ils t'aiment vraiment ? Ils font semblant, pauvre idiote.* »

« *Tu n'es qu'une ombre. Disparais, et personne ne le remarquera.* »

« *Tu salis ce métier. Tu n'as rien à faire en médecine.* »

Victoire les lisait et les effaçait aussitôt, comme si les supprimer pouvait les faire disparaître de son esprit. Elle aurait pu en parler à Julie, mais elle ne l'a pas fait. Tout simplement, parce qu'au fond, elle était fatiguée de lutter. Pourtant, elle voulait lui en parler, lui dire à quel point elle se sentait écrasée. Mais chaque fois qu'elle ouvrait la bouche, un blocage l'arrêtait. Julie travaillait tellement, elle aussi, et elle avait ses propres stress, ses propres peurs. Et puis... À quoi bon ? Elle ne voyait rien, elle ne comprendrait pas.

— J'ai l'impression que t'es un peu ailleurs en ce moment, fit remarquer Julie un soir alors qu'elles révisaient chez elle.

— Oh, c'est juste la fatigue, répondit Victoire.

— Faut qu'on tienne bon, on a presque fini l'année. Après, on pourra souffler un peu.

Souffler. Victoire eut un sourire triste. Tout ce dont elle avait l'impression, c'était d'étouffer.

Puis comme si cela ne suffisait pas, elle continuait à recevoir des petites notes dans ses affaires. Une phrase griffonnée au dos d'un polycopié qu'elle avait laissé sur une table pendant quelques minutes : *"Tu ne seras jamais à la hauteur."* Puis, un manuel de physiologie qu'elle retrouvait systématiquement gribouillé dans son sac, comme si quelqu'un prenait un malin plaisir à lui rappeler qu'elle ne contrôlait rien.

Mais le plus dur, c'était surtout ces regards. Toujours ces regards. Quand elle passait devant Carla et ses amies, quand elle s'asseyait en amphi, quand elle osait poser une question à un professeur.

Et le pire dans tout ça, c'était que personne d'autre ne semblait le remarquer.

Victoire aurait pu en parler à Julie. Mais à quoi bon ? Elle ne voyait rien. Elle était trop concentrée sur ses propres études, sur leurs projets d'avenir, sur cette ambition qu'elles partageaient. Et Victoire refusait d'être un poids, d'être un problème à gérer en plus du reste. Elle était là, toujours, avec son affection sincère, ses bras qui entouraient Victoire dans les mauvais jours, sa voix rassurante qui lui disait qu'elle n'était pas seule. Mais Julie croyait aussi aux mensonges de Victoire, à ses « tout va bien » et à ses éclats de rire forcés.

Alors elle continuait à sourire.

Victoire se mit à éviter certaines salles, certains couloirs, à retarder son départ quand elle savait que Carla et son groupe traînaient dans les parages. Elle prétextait des migraines pour sécher certains cours où elle savait que Carla pourrait l'atteindre. Julie ne s'inquiéta pas.

— T'inquiète, moi aussi j'ai eu des journées sans, disait-elle en haussant les épaules.

Victoire souriait et acquiesçait. Parce qu'au fond, elle n'attendait plus rien.

Un soir, alors qu'elle était assise seule dans la bibliothèque, un message s'afficha sur son téléphone. Numéro inconnu.

— Tu sais que personne t'aime, hein ?

Elle en eut le souffle coupé. Elle releva la tête, en scrutant la salle. Un frisson lui parcourut la colonne vertébrale. Elle se força à ignorer le message, mais son cœur battait trop vite.

Quelques minutes plus tard, elle reçut un autre message.

— À quoi bon s'accrocher ?

Victoire verrouilla son téléphone et le rangea dans son sac. Elle voulait partir, fuir, mais ses jambes refusaient de bouger.

Et puis une autre vibration. Mais cette fois, c'était Julie.

— Hé, je galère sur cette fiche de physio, tu veux pas me filer un coup de main ?

Victoire inspira profondément.

— Bien sûr, j'arrive.

Elle attrapa son sac et quitta la bibliothèque en essayant d'ignorer le poids invisible qui pesait sur ses épaules.

— On a trop de boulot, j'ai l'impression qu'on n'y arrivera jamais... se plaignait Julie en refermant son carnet de notes.

— Mais si, bien sûr qu'on va y arriver, répondit Victoire avec un sourire.

Mensonge.

Elle n'y croyait plus.

Les nuits étaient devenues des champs de bataille, des heures passées à fixer le plafond, le cœur battant d'anxiété. Chaque matin, elle devait se convaincre de se lever, d'affronter une journée de plus.

Julie ne voyait rien. Ou peut-être qu'elle ne voulait pas voir. Parfois, elle remarquait que Victoire était plus effacée, plus absente. Mais elle se convainquait que c'était la fatigue, le stress des examens, la pression des études. Après tout, elles étaient toutes les deux dans le même enfer, non ?

Et Victoire souriait. Toujours.

— Vic, ça va ? Tu es toute pâle.

Julie avait posé la question un matin, alors qu'elles attendaient le début d'un cours d'histologie. Victoire s'était raidie un instant avant de hausser les épaules avec un petit rire.

— C'est le cours de physio d'hier, ça m'a pris la tête toute la soirée et j'ai mal dormi. Rien de grave.

Julie l'avait observée une seconde de plus, un brin suspicieuse, avant d'acquiescer.

— Ouais, on dort tous trop peu en ce moment.

Et la conversation s'était arrêtée là.

Victoire savait quoi dire pour rassurer Julie. Un sourire, un soupir las, une phrase banale. Ça fonctionnait à chaque fois.

Ce n'était pas que Julie ne se souciait pas d'elle. Au contraire, elle était toujours prête à l'écouter. Mais Victoire avait compris qu'elle ne posait jamais la question deux fois. Si elle disait qu'elle allait bien, alors Julie la croyait.

Et c'était bien plus simple ainsi.

L'une des pires journées pour Victoire arriva quelques semaines plus tard, lors d'un TP de physiologie. Les étudiants étaient répartis en petits groupes autour de microscopes. Victoire s'était installée seule à sa table, concentrée sur son travail. Elle tentait désespérément d'ignorer Carla et son cercle d'amies, qui chuchotaient et riaient non loin d'elle.

Puis… tout se passa très vite.

Lorsqu'elle leva les yeux, elle vit que son écran affichait un message. Un simple Post-it collé sur l'ordinateur de la salle : *"Personne ne veut bosser avec toi, tu t'en rends compte ou pas ?"*. Un frisson la parcourut. Elle serra les poings, tentant de faire comme si elle n'avait rien vu. Mais elle sentit les regards posés sur elle. Des rires étouffés résonnèrent dans son dos.

Elle hésita un instant à arracher le papier et à le jeter. Mais ce serait leur donner trop d'importance. Alors, elle se força à l'ignorer, à se concentrer sur l'écran devant elle.

— Tu viens manger avec moi ?

La voix de Julie la fit sursauter. Victoire tourna la tête, tentant de masquer le trouble qui lui nouait la gorge.

— Ouais... j'arrive.

Elle attrapa rapidement son sac, espérant que Julie ne remarque rien. Et, comme toujours, ça fonctionnait.

Les semaines ont commencé à défiler, et le harcèlement continua, toujours aussi discret. Parfois, Victoire trouvait son matériel détérioré, des feuilles de cours déchirées, des pages manquantes dans ses manuels... D'autres fois, elle entendait son nom chuchoté dans un couloir, suivi d'un éclat de rire.

Un matin, alors qu'elles se rendaient en cours, elles croisèrent Carla au détour d'un couloir. Elle leur adressa un sourire narquois avant de murmurer en passant :

— T'as une sale mine, Victoire. T'as mal dormi ?

Victoire baissa la tête, accéléra le pas. Julie, elle, haussa un sourcil.

— C'est quoi son problème, à elle ? lança-t-elle.

— Laisse tomber, c'est rien, répondit Victoire avec un sourire.

Julie haussa les épaules et n'y pensa plus. Si seulement elle avait su. Si seulement elle avait compris à temps.

Elle se sentait de plus en plus isolée. Elle aurait pu en parler à Julie, mais elle ne voyait rien, alors Victoire lui épargnait ça. Elles continuaient à réviser ensemble, à plaisanter comme si de rien n'était. Lorsqu'elles se retrouvaient toutes les deux, Victoire avait presque l'impression que tout allait bien.

Presque.

Jusqu'à ce qu'elle retourne en cours. Jusqu'à ce qu'elle croise Carla.

Jusqu'à ce que tout recommence.

Un jour, alors qu'elles marchaient ensemble vers la bibliothèque, Julie mentionna quelque chose qui fit sursauter Victoire.

— Tu sais, il y a une fille dans notre promo qui a parlé de harcèlement récemment. C'est fou, on ne s'en rend jamais compte...

Victoire s'arrêta un instant, fixant le sol.

— Ouais... c'est dur, ce genre de choses.

Julie hocha la tête.

— Je me dis que si ça arrivait à quelqu'un autour de moi, je voudrais qu'on m'en parle, tu vois ? Qu'on me fasse confiance.

Elle lança un regard appuyé à Victoire, qui força un sourire.

— Oui... bien sûr.

Mais elle ne dit rien de plus, parce qu'elle savait que Julie ne comprendrait pas. Elle savait que ce qu'elle vivait n'était pas assez grave pour être pris au sérieux. Parce que, même si elle lui disait tout, qu'est-ce que ça changerait ?

Carla trouverait un autre moyen de la faire taire.

Alors Victoire se contenta de sourire, un sourire qui rassura Julie, comme toujours.

Et le lendemain, tout recommença.

CHAPITRE 7

Les premiers examens

Les examens d'avril approchent à grands pas. L'air est lourd, saturé de révisions et de stress. Pour moi, chaque jour est un défi. Je me levais tôt tous les jours, pour attaquer la montagne de cours, me couchait tard, tentant de tout assimiler avant les partiels. La faculté de médecine, avec ses exigences rigoureuses, m'écrase parfois. Et pourtant, malgré cette pression énorme, je continue de persister. Je ne veux pas échouer. Cette année de validée, j'en ai rêvé toute ma vie. Je ne veux pas être cette personne fragile que je crains tant d'être. Je me bats pour montrer à tout le monde et à moi-même, que j'en suis capable.

Mais il y avait quelque chose de plus lourd que les révisions qui pesait sur mes épaules.

Carla.

Elle continuait à rôder autour de moi, à me tourmenter par de petites piques, des remarques qui s'enchaînaient et semblaient de plus en plus sournoises. Chaque fois qu'on se croisait, c'était une nouvelle attaque, déguisée en « blague » ou en « simple remarque ». Carla avait appris à masquer son harcèlement sous des airs de légèreté. Mais pour moi, c'était comme si chaque mot était une balle en plein cœur. J'avais fait en sorte de tout cacher à Julie, d'afficher mon sourire plaqué, mon air de « tout va bien » et ça avait l'air de fonctionner pour le moment.

C'est pendant la semaine de révision, que Julie a vraiment vu de ses propres yeux ce qui se passait. Je suis allée à la Bibliothèque Universitaire avec elle. Nous étions en train de réviser le premier partiel de neuroanatomie quand on a dû partir aux toilettes. J'ai fait la lourde erreur de laisser mon ordinateur allumé sur le bureau. Quand nous sommes revenues, l'entièreté de mes documents avait disparu de mon ordinateur. Tous mes cours, toutes mes vidéos, tout. J'ai fouillé un moment avec Julie, pensant à un bug, mais je suis tombée sur son message dans les notes de mon Mac : « Bon courage pour tes révisions ». Quand je me suis tournée vers sa table, les larmes aux yeux, je l'ai vu me regarder en souriant. C'est à partir de ce moment-là que j'ai compris que ce n'était pas juste une petite bagarre entre étudiantes. Heureusement que Julie m'a tout transféré car sinon je n'aurais pas pu aller aux examens de fin d'année...

Devant Julie, je fais comme si cela ne m'atteint pas, alors qu'au fond, ça m'affecte bien plus qu'elle ne le pense. Je garde mon masque de fille heureuse et pleine de vie, alors qu'en vrai, je suis blessée. Je n'ai rien dit à mes parents, ils ne voudraient pas savoir que ça a recommencé, ils ne le supporteraient pas. Et franchement, qui a envie de gérer des problèmes d'étudiantes comme ça ?

Le jour du dernier examen est arrivé rapidement. J'ai passé toute la nuit à réviser, je suis exténuée mais déterminée. Juste avant de rentrer dans la salle, je m'arrête sur une page en particulier, une question de biologie que je sais que je maîtrise. Ce n'est pas grand-chose, mais pour moi, c'est une petite victoire. Je sens un sourire s'étirer sur mes lèvres. Je peux le faire. J'en suis capable.

Mais à l'instant où je pose mon regard sur mon sac, Carla se poste devant moi, un sourire en coin sur les lèvres.

— Alors, Victoire, tu te sens prête ? demande Carla, d'un ton faussement innocent.

Je relève les yeux, mon cœur battant plus vite. Je sais pertinemment ce qui va suivre.

— J'ai révisé comme tout le monde. Ça va aller. J'essaie de garder une voix calme, maîtrisée.

Carla hausse les sourcils, son sourire s'élargissant encore.

— Ah, je suis sûre que tu vas nous faire une petite performance, hein. Après tout, tu as toujours été celle qui essaie de briller, même quand tu n'as pas vraiment l'air d'y arriver.

Je me tends, sentant la gêne monter dans ma gorge. J'inspire profondément pour garder mon calme. Pourquoi fallait-il qu'elle me fasse ça ? Pourquoi Carla semblait se nourrir de mes peurs, de mes insécurités ? Je regarde autour de moi mais Julie est partie aux toilettes avant le partiel, vous savez, le fameux pipi de stress.

— Tu sais, ça m'étonne que tu aies tenu jusque-là, franchement. Je ne pensais pas que tu serais assez intelligente pour passer ne serait-ce que les colles du samedi. Mais bon, tu me surprends, comme toujours.

Je me lève brusquement, le visage pâle de fatigue mais ferme dans ma réponse. Je sais que je ne peux pas me laisser déstabiliser aujourd'hui... Pas pour un des jours les plus importants de ma vie, celui qui va décider de mon avenir.

— Tu as peut-être raison, Carla. Peut-être que je ne suis pas aussi nulle que tu le penses... mais je vais tout donner pour montrer que je vaux mieux que ce que tu crois.

Je tourne les talons, laissant Carla derrière moi, son rire moqueur résonnant dans mes oreilles. Carla ne comprenait rien.

L'examen n'était qu'une épreuve de plus.

Le reste de la matinée se déroule sous un voile de concentration intense. Je ne laisse rien me distraire. J'ai répondu aux questions avec détermination, sentant la pression, mais ne permettant pas à mon esprit de se laisser submerger.

Pourtant, même dans la salle d'examen, je sens la présence de Carla comme une ombre menaçante. Je sais qu'elle attend la moindre erreur de ma part, la moindre faille pour pouvoir me détruire à nouveau. Ça devient épuisant à force. Cette force que j'allais perdre au fur et à mesure.

Lorsque l'examen est terminé, je sors dans le hall, où je croise une fois de plus Carla. Cette fois, je me sens plus sereine, comme si j'avais l'impression d'avoir gagné une petite victoire. J'ai réussi mon examen, je le sens au plus profond de moi. Je vais devenir médecin.

— Alors, comment tu te sens après cet examen ? Je parie que tu vas pleurer comme la dernière fois quand tu découvriras ta note.

Je suis figée. Je veux répondre, mais tout à coup, quelque chose en moi se brise. Les mois de moqueries, de harcèlement silencieux, de petites attaques, tout est remonté à la surface. Mais cette fois-ci, quelque chose a changé. Je ne voulais plus être cette victime.

— Tu sais quoi, Carla ? J'en ai assez de tes remarques. Tu ne me connais pas, tu ne sais pas ce que je traverse, mais tu t'amuses à me rabaisser. C'est facile, hein, de se sentir puissant quand on écrase les autres. Mais tu te trompes. Je vais réussir, et tu ne pourras rien y faire.

Je sens mon cœur battre plus fort. Je suis prête à tout pour me défendre cette fois.

Carla, un peu déstabilisée par ma réponse, hausse les épaules et souris, comme si cela n'avait aucune importance.

— Tu verras bien, Victoire. Et elle s'éloigne en riant, sans se retourner.

Mais je sais que j'ai fait un premier pas pour briser la chaîne du harcèlement. Je ne me suis pas laissé faire, je n'allais pas laisser Carla me détruire encore une fois. Cette année, je vais me battre pour moi-même, et je vais réussir.

Les semaines suivantes, j'ai continué de me concentrer sur mes études, refusant de me laisser perturber par Carla. Le harcèlement ne cessait pas, mais j'ai appris à le gérer, à ne plus en faire une affaire personnelle. Cela devenait une habitude. Certainement une mauvaise. Je sais que Carla cherche une réaction, mais je ne veux plus lui offrir cette opportunité.

Je m'entoure des personnes qui croient en moi, comme Julie, qui me soutient sans relâche, qui m'aide à garder la tête haute. J'essaie de garder le sourire, de faire comme si tout va bien devant Julie et ma famille mais je sens que ma confiance en moi se perd chaque jour un peu plus.

Les examens se sont poursuivis, et je réussissais à surmonter les difficultés avec une force dont je ne m'étais jamais imaginée. Je savais que j'étais plus forte que ce que Carla pensait, et plus forte que la version de moi-même que j'avais été il y a un an.

Je veux prouver à tout le monde que personne, et surtout pas Carla, ne peut me briser. Je suis prête à décrocher mon avenir, et ce que Carla en pense, je veux que ça soit la dernière de mes préoccupations.

Mais ce n'est pas comme ça que fonctionne le harcèlement, n'est-ce pas ?

CHAPITRE 8

Une grande victoire

La fin de la première année de médecine est arrivée bien plus vite que prévu. Les semaines s'étaient écoulées entre les révisions et les examens, et l'incertitude de savoir si tout ce travail acharné allait payer. La tension dans l'air était palpable. Les étudiants se retrouvaient souvent dans les couloirs de la fac, échangeant des regards nerveux et des murmures discrets, parlant des résultats à venir.

Victoire, bien que souvent calme en apparence, ressentait la pression d'une année entière qui reposait sur ses épaules. Elle avait donné le meilleur d'elle-même, mais l'incertitude était encore là, comme une ombre invisible qu'elle n'arrivait pas à chasser. Et puis, il y avait Carla. Le harcèlement n'avait pas cessé, bien au contraire. Chaque jour, elle semblait avoir trouvé de nouvelles façons de s'en prendre à elle, mais elle avait appris à ignorer les remarques, à les laisser glisser sur elle comme si elles n'avaient pas d'importance.

Pourtant, au fond d'elle, Victoire savait que le vrai test n'était pas dans les révisions, ni même dans les partiels. Le véritable test serait ce moment précis où elle découvrirait si toute cette souffrance, cette pression accumulée, ses sacrifices, avaient abouti à une réussite.

Le soir avant l'affichage des résultats, l'atmosphère sur le campus était étrange. La fac semblait figée dans une attente suspendue. Victoire se trouvait dans le parc près de la bibliothèque avec Julie, ses mains serrant son sac, le regard perdu dans le vide.
— Demain, c'est le jour.

Julie avait dit cela d'une voix calme, mais Victoire savait qu'elle ressentait aussi cette tension. L'angoisse de l'incertitude.
— Oui... je sais... Je n'arrête pas de me demander si je vais y arriver. Victoire soupira, essayant de cacher son appréhension derrière un sourire. Mais même elle, elle ne pouvait plus cacher l'inquiétude qui pesait sur son cœur.

Julie posa une main réconfortante sur son épaule.

— Écoute, peu importe ce qui se passe demain. Nous avons tout donné. Tu as travaillé plus dur que quiconque, et si tu réussis, ce sera parce que tu le mérites. Ne laisse pas l'angoisse prendre le dessus sur ton travail.

Victoire hocha la tête, mais au fond, elle se sentait toujours nerveuse. Elle avait tant lutté pour cette première année, et si le résultat était négatif, tout cela ne serait qu'un immense gâchis.

Julie sourit, brisant la tension qui commençait à s'installer autour d'elles.
— Mais, même si on stresse, on sera toujours là pour se soutenir, OK ? Si l'une de nous est heureuse, l'autre sera heureuse aussi, et on le vivra ensemble !

Victoire sourit en retour, se sentant un peu plus légère. Elle savait que l'amitié de Julie avait été l'un de ses plus grands soutiens tout au long de l'année. Elles se sont souhaitées bonne nuit, et Victoire rentra chez elle, son esprit divisé entre l'espoir et la peur. Elle se glissa dans son lit, mais le sommeil refusa de venir.

Elle espérait au fond d'elle qu'elle validerait et pas Carla. Elle ne voulait pas revivre une année comme celle-ci. Elle n'en avait parlé à personne, à part Julie. Elle utilisait toujours son masque habituel d'étudiante joyeuse devant les autres. Personne n'aurait pu se douter. Personne.

Le matin même la fac est un tourbillon de rumeurs. Tout le monde attend devant l'écran où seront publiés les résultats, un regard angoissé sur les visages des étudiants. Victoire, accompagnée de Julie, se tient à l'entrée du bâtiment, le regard rivé sur l'écran géant qui allait afficher les listes.

— Tu penses qu'on a une chance ? Julie demande, sa voix un peu plus aiguë que d'habitude.

— Je... je crois. Mais je ne veux pas trop y penser. Victoire se sent comme figée, prise dans un enchevêtrement de peur et de désir. Si elle échoue, elle savait qu'elle reviendrait en arrière, à cette personne qu'elle redoutait de redevenir. Mais si elle réussit, alors ce serait sa victoire, une première grande victoire dans un long parcours.

Puis les résultats se sont affichés. Les noms commencèrent à défiler sur l'écran, et tout s'arrêta pendant quelques secondes pour Victoire. Elle se sentit suspendue dans le temps.

Julie s'éloigne légèrement, accrochée à son propre nom sur l'écran. Victoire attend, le cœur battant. Et puis, soudain, son nom apparaît. Victoire Fremon

– VALIDÉE.

Une explosion de soulagement et de joie la traverse. Elle sent ses jambes trembler et doit se soutenir contre le mur pour ne pas s'effondrer. Elle l'a fait ! Elle a réussi sa première année. Ce n'était pas qu'un simple examen, c'était la preuve que ses efforts, ses sacrifices, avaient payé.

Julie la regarde, et sans un mot, elle se précipite pour la serrer dans ses bras. Les deux filles se retrouvèrent dans un éclat de rire et de larmes.

— Tu l'as fait ! s'exclame Julie, tout en la tenant fermement. On l'a fait !

Victoire éclate en sanglots, submergée par l'émotion. Ce moment est magique, celui qu'elle a espéré et craint en même temps. Elle avait traversé cette épreuve, et c'était son moment de gloire.

Mais c'est à cet instant que Carla arriva. Elle s'approche, son regard impassible. Elle venait de valider son année, bien sûr, mais il n'y avait pas de sourire sincère sur son visage.

— Alors, la petite Victoire a réussi ? dit-elle d'un ton presque ironique, tout en affichant un sourire en coin.

Victoire la fixe un instant, puis répond calmement.

— Oui. Et toi aussi je suppose. Mais ce n'était pas aussi facile pour moi que pour toi, Carla. Je ne t'ai pas attendue pour réussir.

Carla hausse les épaules, comme si de rien n'était.

— On verra bien l'année prochaine. Mais t'as pas intérêt à faiblir. Ça va être encore plus dur, tu sais.

Victoire le savait. Ce n'était pas les études qui allaient être encore plus dures. Ce serait plutôt la pression constante de la menace de Carla. Mais sur le moment, Victoire, forte de sa réussite et de l'amitié qu'elle partage avec Julie, sait que cette première victoire marque le début de quelque chose de plus grand. Elle n'allait plus laisser les remarques de Carla l'atteindre. Elle allait continuer à avancer, à se battre, et à prouver qu'elle était bien plus qu'une cible facile.

— On verra bien, oui. Mais je ne vais pas faiblir.

Et pour la première fois, elle se sentait prête à affronter tout ce qui l'attendait, sans peur. Cette année avait été une épreuve, mais elle en était sortie victorieuse.

CHAPITRE 9

Un été au goût amer

Les premiers rayons du soleil frappaient doucement la fenêtre de ma chambre, la réchauffant après les semaines glaciales d'examens. La chaleur de l'été, bien que bienvenue, semblait presque irréelle après la rigueur de cette première année de médecine. Je fermais les yeux et m'étirai paresseusement dans mon lit, savourant la sensation de ne plus être sous pression. La première année était terminée, et avec elle, une partie de l'anxiété que je portais depuis des mois. J'avais réussi, et cette pensée suffisait à me faire sourire, à me donner une sensation de légèreté que je n'avais pas ressentie depuis longtemps.

Il était temps de souffler. Les vacances d'été étaient là, comme un exutoire après une année d'effort intense, une année de sacrifices. La faculté de médecine avait été une tempête, un tourbillon d'examens, de révisions et de nuits blanches. Surtout un endroit de torture. Maintenant, le silence et le temps libre semblaient presque étranges, comme si la réalité reprenait enfin son droit. Je décidais de me lever, et me dirigea vers le balcon et regarda la rue calme. Il faisait beau. L'air était doux, et la ville semblait se détendre avec moi.

Je pris une grande inspiration, remplissant mes poumons de cet air tranquille. J'allais enfin pouvoir souffler, oublier les cours, les examens, et tout ce qui faisait partie de mon quotidien durant l'année. J'allais enfin pouvoir oublier Carla. Mais je savais que ce n'était que repousser l'échéance. Même si l'on commençait les vacances d'été, Carla serait de retour à la rentrée. J'avais deux mois pour souffler, deux mois pour tout cacher et reprendre des forces avant la prochaine année scolaire. Ce n'était pas juste un repos physique que je recherchais, mais un repos mental. L'énorme poids que je portais sur mes épaules s'était enfin envolé, et pour la première fois depuis des mois, je pouvais me permettre de me détendre complètement.

Le premier week-end de vacances, j'ai retrouvé ma famille. Leurs visages pleins de fierté étaient un soutien que je chérissais profondément. Ils étaient les témoins de ma lutte, de mes sacrifices. Leur joie de me voir de nouveau libre, même pour quelques semaines, avait réchauffé mon cœur.

— Alors, comment tu te sens maintenant que c'est terminé ? demanda son père en posant une assiette de pâtes sur la table.

— Libérée, enfin ! répondit Victoire en riant. Mais aussi épuisée.

Elle se laissa tomber sur la chaise, fermant les yeux un instant pour savourer la tranquillité. C'est étrange, de ne rien avoir à réviser, rien à apprendre, rien à faire. De surtout ne pas avoir à se défendre.

Je n'avouerai jamais à ma famille que cette année a été un enfer, non pas pour les révisions (ce qui est déjà bien suffisant) mais à cause de Carla.

Mon frère, Lucas, qui n'avait cessé de me taquiner tout au long de l'année, se pencha vers moi avec un sourire malicieux.

— Ah, je vois... Tu as enfin le temps de nous montrer tes talents de cuisinière, hein ? Il désigna les plats que j'avais préparés la veille avec ma mère. T'as vu, maman ? Ça, c'est un vrai chef !

J'éclatai de rire, me sentant enfin à ma place. Ces moments en famille, sans le stress des études, étaient un vrai cadeau. Je me sentais plus proche que jamais d'eux, appréciant la simplicité de ces retrouvailles. Leurs blagues et leurs petites taquineries étaient comme un baume apaisant pour mon âme fatiguée. Trop fatiguée.

J'ai aussi pris le temps de revoir mes amis du lycée, ceux avec qui j'avais partagé des années d'amitié avant que la fac ne prenne tout le reste de son temps. Ils avaient tous évolué, pris de nouvelles directions dans leurs vies, mais la complicité était toujours là. C'était comme si le temps ne nous avait jamais séparés.

— Alors, comment ça va à la fac ? demanda Sarah, en la retrouvant dans le café où elles se retrouvaient souvent. Tu gères ?

Je lui souris, mais cette fois, il n'y avait plus de doute ni de confusion dans mes yeux.

— Ça va. Je vais bien. C'est plus dur que ce que j'avais imaginé, mais je suis prête à tout pour réussir. Je m'arrêtais un instant, comme pour réfléchir, avant de rajouter : Et je crois que je peux dire que je suis fière de ce que j'ai accompli cette année.

Sarah me sourit en retour, fière de me voir aussi déterminée.

— Je savais que tu y arriverais. T'es une battante, Victoire.

Cette conversation légère, mais pleine de soutien, renforça ma conviction. Je n'étais plus cette étudiante timide et stressée que j'avais été en début d'année. J'avais grandi, appris à me battre contre mes propres doutes, et avait trouvé sa place dans ce monde difficile de la médecine.

Les jours passèrent rapidement, et j'en profitai pour me consacrer à des activités que je n'avais pas le temps de faire pendant l'année : je suis allée au cinéma pour voir des films que j'avais ratés, j'ai repris le sport de manière régulière, et je me suis même offert quelques week-ends à la mer avec Julie ! Ces moments d'évasion me permettaient de me ressourcer et de mettre son esprit à zéro, loin des cours, des révisions et des débats internes qui se passaient dans ma tête.

Un samedi, je m'installais confortablement dans un parc avec un livre, un café et un carnet de notes, savourant la sensation d'être enfin libre. J'avais toujours rêvé d'écrire, mais pendant l'année, tout avait été mis de côté. Aujourd'hui, les idées affluaient, et je me surpris à griffonner des pensées sur les pages de mon carnet, des projets d'écriture que j'espérais voir un jour prendre vie. Enfin, j'espérais...

— Tu sais que je t'ai toujours trouvée hyper créative, Victoire, même si tu te concentrais sur tes études. C'était Julie qui venait me rejoindre, un sourire sur le visage. Tu devrais vraiment te lancer.

— Je vais le faire, un jour. Mais pour l'instant, je profite de cette pause. J'ai l'impression que ça fait des années que je n'ai pas eu de vrai temps pour moi.

— T'as bien raison, profite, c'est mérité. Julie s'assit à côté de moi, savourant également l'instant de répit. C'est dingue comme on oublie à quel point on a besoin de souffler.

Les vacances s'étiraient, et même si l'avenir semblait encore incertain — les années de médecine à venir, les sacrifices à prévoir, les défis toujours plus grands —, je savais que j'étais prête. Enfin... je pensais. J'avais traversé cette première année, bien plus forte et confiante qu'au départ. Et même si des obstacles se dresseraient encore sur son chemin, des obstacles colossaux, j'étais déterminée à les affronter, à les surmonter.

Les vacances d'été étaient le temps de la rédemption, de la réflexion, mais aussi du plaisir. Je profitais de chaque instant, savourant cette parenthèse bien méritée avant de replonger dans la bataille de la deuxième année. Une bataille qui allait être rude, je le savais d'avance. Même si les vacances d'été m'avaient permis de reprendre confiance en moi loin des bancs de l'université, la menace planait toujours.

Peu avant la rentrée, j'enchaînais les crises d'angoisse dans ma chambre. Je n'en avais parlé à personne, même pas à Julie. Je ne voulais pas qu'on me voie aussi vulnérable. La rentrée approchait et la douloureuse échéance du retour de Carla à mes côtés aussi. Je ne savais pas ce qu'elle avait prévu pour moi l'année prochaine, et franchement, je préférais ne pas le savoir. Si seulement j'avais su...

L'été laissait dans mon cœur une certitude : l'avenir était entre mes mains, je ne savais pas encore ce que j'allais en faire.

CHAPITRE 10

Retour sur les bancs de l'université

J'étais trop heureuse que la rentrée arrive enfin ! J'avais enfin mon propre stéthoscope, et j'avais hâte de le montrer à Victoire. Nous avions réussi notre première année haut la main, intégrant fièrement les 10 % des meilleurs étudiants.

Pendant l'été, j'avais profité de mon temps libre pour passer mon permis et, grâce à l'argent gagné en travaillant comme serveuse dans un restaurant, j'avais pu m'acheter une voiture. Ce n'était pas le job de rêve, mais au moins, je n'aurais plus à subir les 40 minutes de transport quotidien pour me rendre à la fac.

Ce matin-là, je me suis arrêtée devant chez Victoire. C'était notre nouveau rituel : un jour sur deux, je passais la chercher, et le lendemain, c'était son tour. Lorsqu'elle est montée dans la voiture, elle affichait son éternel sourire radieux, celui qui lui donnait l'air de toujours voir le bon côté des choses.

— Alors, ta dernière semaine de vacances s'est bien passée ? demandai-je en démarrant.

— Oui, super ! J'ai terminé mes achats pour la rentrée et... j'ai enfin trouvé mon stéthoscope pour les stages ! répondit-elle, un léger flottement dans la voix.

Son enthousiasme habituel semblait moins marqué, comme si quelque chose la troublait. J'ai hésité à creuser, mais j'ai finalement décidé de ne pas insister. Après tout, Victoire avait aussi le droit à ses secrets.

Nous avons pris la route, la musique en fond sonore, tandis qu'une douce excitation me gagnait.

Lorsque nous sommes arrivées à la fac, l'excitation de la rentrée flottait dans l'air. Les retrouvailles s'enchaînaient, les rires fusaient, et tout le monde semblait prêt à attaquer cette nouvelle année. Victoire et moi avons traversé le bâtiment en discutant de notre emploi du temps, lorsqu'un éclat de rire aigu attira mon attention.

Un groupe de filles était rassemblé près des escaliers. Parmi elles, Carla. Je la connaissais plutôt bien, enfin, surtout de réputation : elle s'était déjà acharnée sur

Victoire l'an dernier, la prenant pour cible avec des remarques insidieuses et des moqueries à peine voilées. Pourtant, cette fois, elle ne dit rien. Elle se contenta de nous lancer un regard noir avant de replonger dans sa conversation avec ses amies, un sourire narquois aux lèvres.

Je sentis Victoire se raidir à côté de moi. Son enthousiasme de ce matin avait disparu, remplacé par une tension presque imperceptible. Je pensais pourtant que tout ça n'atteindrait plus Victoire.

— Ça va ? chuchotai-je en lui jetant un coup d'œil.

Elle hocha rapidement la tête, évitant mon regard.

— Oui, t'inquiète.

Mais je n'étais pas dupe. Carla ne lançait plus d'attaques directes, mais son attitude restait pesante, comme une ombre constante dans le dos de Victoire. Et ce silence... c'était presque pire que les mots.

Nous avons continué notre chemin vers l'amphithéâtre. Peut-être que cette année, tout s'arrangerait. Peut-être que Carla se lasserait. Ou peut-être que Victoire cachait plus de choses qu'elle ne voulait bien l'admettre...

CHAPITRE 11

Tout cacher ?

Quand je suis montée dans la voiture de Julie, j'ai forcé mon plus beau sourire. Comme toujours. J'avais pris l'habitude de bien cacher ce qui se passait à l'intérieur. J'avais même réussi à me convaincre, parfois, que tout allait bien.

— Alors, ta dernière semaine de vacances s'est bien passée ? me demanda-t-elle en démarrant.

J'ai hoché la tête, cherchant à paraître naturelle.

— Oui, super ! J'ai terminé mes achats pour la rentrée et... j'ai enfin trouvé mon stéthoscope pour les stages !

Ma voix m'a trahie. Une légère hésitation, imperceptible pour quelqu'un d'autre, mais pas pour elle. Elle m'a regardée du coin de l'œil, l'air de vouloir insister, puis elle a laissé tomber. Tant mieux.

Je n'avais pas envie d'en parler. Pas envie de lui dire que, ces derniers temps, mon cœur s'emballait sans raison, que ma respiration se bloquait et que je me retrouvais, tremblante, à essayer de reprendre le contrôle. Des crises d'angoisse. J'en avais déjà entendu parler, mais je n'aurais jamais cru que ça pouvait être aussi violent.

Et tout ça, à cause d'elle.

Carla ne m'insultait plus ouvertement, elle ne me lançait plus de piques en passant à côté de moi. Mais elle était toujours là. Avec ses regards lourds de mépris. Avec ses messes basses suivies de rires moqueurs. Avec cette manière de me faire sentir... insignifiante.

Quand nous sommes arrivées à la fac, l'ambiance légère de la rentrée n'a rien changé. Je l'ai vue, tout de suite. Près des escaliers, entourée de ses amies. Elle n'a pas parlé. Pas besoin. Son regard a suffi à me couper le souffle, à me nouer l'estomac.

Je voulais détourner les yeux, faire comme si elle n'existait pas. Mais c'était plus fort que moi. Elle était là, comme une ombre qui me suivait partout.

— Ça va ? chuchota Julie à côté de moi.

J'ai serré les poings et relevé la tête.

— Oui, t'inquiète.

Mensonge. Mais je ne voulais pas qu'elle s'inquiète, qu'elle pose trop de questions. J'avais déjà assez de mal à respirer.

J'ai inspiré profondément et avancé vers l'amphithéâtre, priant pour que cette année soit différente. Que Carla finisse par se lasser. Que ces crises disparaissent.

Mais au fond, je savais que ce n'était pas si simple et que c'était loin d'être fini.

Les premiers cours de la matinée s'étaient enchaînés, et j'avais réussi à garder le contrôle. À sourire, à rire aux blagues de Julie, à faire comme si tout allait bien. Comme si je n'avais pas senti mon cœur cogner trop fort en apercevant Carla quelques rangs plus haut dans l'amphi. Elle ne m'avait pas adressé un mot. Juste un regard, une fraction de seconde. Mais je savais qu'elle l'avait fait exprès.

À la pause, je prétextai un appel à passer et m'éclipsai dans les toilettes. Dès que la porte se referma derrière moi, j'expirai un grand coup et m'adossai contre le mur.

Ma poitrine était oppressée, ma gorge trop serrée. Je fermai les yeux, essayant d'ignorer le bourdonnement dans mes oreilles. C'était ridicule. Je ne devrais pas réagir comme ça. Elle ne faisait rien. Rien d'autre que des regards, des murmures. Alors pourquoi est-ce que j'avais l'impression d'étouffer ?

J'ai posé une main tremblante sur mon ventre et inspiré lentement, comme j'avais lu sur Internet. Inspirer sur quatre temps. Bloquer. Expirer sur six. Encore. Encore...

Au bout de quelques minutes, mon rythme cardiaque s'était calmé, mais je me sentais épuisée. Comme vidée de toute mon énergie.

L'écran de mon téléphone s'illumina. Un message de Julie : « T'es où ? On va se poser dehors, tu viens ? »

J'ai serré les dents. Il fallait que je ressorte, que je reprenne ma place. Si je restais enfermée ici, c'était comme lui donner raison.

C'est à ce moment-là que j'ai décidé qu'il fallait que je voie un psychiatre. Je n'en parlerais à personne bien sûr, mais j'avais besoin d'aide. J'avais besoin de dormir la nuit, besoin de ne plus sentir ma gorge se serrer dès que je la vois.

Je me suis regardée dans le miroir, l'air de rien, et j'ai tiré un peu sur mes manches pour cacher mes mains moites. Puis j'ai soufflé un grand coup et je suis sortie, affichant un sourire maîtrisé.

Tout allait bien.

Du moins, c'est ce que je devais leur faire croire.

CHAPITRE 12

Des années tourmentées

Dès le premier jour en faculté de médecine, j'ai su que cette aventure allait être un marathon. Nous avions réussi la première année, Victoire et moi, et nous étions prêtes à affronter les suivantes. Du moins, c'est ce que je croyais.

Les années ont passé, et avec elles, les exigences ont grandi. Au début, nous étions inséparables, partageant nos fiches, révisant ensemble, nous soutenant face aux épreuves qui s'accumulaient. La bonne humeur de Victoire m'aidait à surmonter tout ça. Mais peu à peu, quelque chose a changé. Victoire semblait de plus en plus distraite, plus silencieuse. Elle souriait toujours, bien sûr, mais parfois son regard s'assombrissait sans raison apparente. J'avais remarqué qu'elle vérifiait souvent son téléphone, qu'elle sursautait lorsqu'elle recevait des notifications.

Si j'avais su...

Si j'avais compris plus tôt.

Mais on ne voit jamais vraiment ce qui se passe sous nos yeux tant qu'il n'est pas trop tard.

Quand je repense à nos premières années de médecine, j'ai cette image de nous, insouciantes, rieuses, à croire qu'on avait tout l'avenir devant nous, que rien ne pouvait nous atteindre. Nous étions fières d'avoir réussi la première année, prêtes à affronter la suite ensemble. Victoire et moi, toujours unies, toujours motivées. Nous étions devenues inséparables.

Aujourd'hui, en sixième année, je sais que cette époque n'était qu'une illusion.

J'ai changé. Victoire aussi. Mais pas de la même manière.

En deuxième année, je n'ai rien remarqué de particulier au début. Quand je suis venue la chercher à la rentrée, il y avait une hésitation, un flottement. J'aurais pu poser des questions, insister, creuser. Mais je ne l'ai pas fait. Après tout, tout le monde a ses petits soucis, non ? Puis, Victoire était fidèle à elle-même, ponctuelle, studieuse, concentrée en cours. Pourtant, j'ai bien vu qu'elle évitait certains regards. Qu'elle se tendait légèrement quand Carla et ses amies passaient à côté de nous. Mais elle ne disait rien. Alors, j'ai supposé que tout allait bien.

Et puis, ce n'était plus comme avant. Carla ne lui lançait plus de remarques cinglantes devant tout le monde. Elle ne l'humiliait plus à voix haute. Non, c'était plus subtil maintenant. Des regards appuyés, des ricanements au moment où Victoire passait, des discussions qui s'arrêtaient juste avant qu'elle arrive. Et moi, je ne voyais que ce que je voulais bien voir : une année qui s'annonçait réussie, des cours passionnants, des stages d'initiation qui nous rapprochaient de notre rêve.

En troisième année, c'est cette année-là que j'aurais dû commencer à voir les premiers signes. Cette année-là, nous avons commencé les stages hospitaliers. L'emploi du temps était plus chargé, plus exigeant. J'avais mis le stress de Victoire sur le compte de la pression universitaire. Moi-même, je me sentais dépassée parfois.

Mais Victoire... Victoire était différente.

Elle était plus fatiguée. Elle disait que c'était normal, que la charge de travail augmentait, que les stages étaient prenants. J'y croyais. Moi aussi, je me sentais épuisée par moments. Mais chez elle, il y avait quelque chose de différent. Je me suis dit qu'elle avait juste besoin de temps pour elle. Après tout, on était toutes les deux sous pression.

Puis, j'ai commencé à remarquer autre chose.

Parfois, quand je lui parlais, son regard était ailleurs. Elle sursautait au moindre bruit. Quand Carla était dans la même pièce, elle se crispait imperceptiblement, comme si elle voulait devenir invisible. Et surtout, elle disparaissait. Des messages auxquels elle mettait des heures à répondre, des excuses pour éviter certaines sorties.

J'ai hésité à lui en parler.

Je ne comprenais pas.

J'ai essayé, une ou deux fois, de lui demander si tout allait bien. Elle m'a souri, comme toujours. « T'inquiète, tout va bien. » Alors j'ai arrêté d'insister.

Ce n'est que plus tard que j'ai compris. Au moment où j'écris tout ça.

En quatrième année, les stages prenaient une place énorme dans nos vies, et nous passions de plus en plus de temps à l'hôpital. C'était le début du deuxième cycle et on était en stage à l'hôpital à temps plein. C'est là que j'ai commencé à voir des choses qui m'auraient sauté aux yeux si je n'avais pas été aussi aveugle.

Nous étions affectées au même service pour quelques semaines, et j'étais contente à l'idée de partager cette expérience avec elle. Mais dès les premiers jours, j'ai vu que quelque chose clochait.

Victoire arrivait en retard, ce qui ne lui ressemblait pas. Elle était plus distraite, moins impliquée. Une fois, lors d'un examen clinique, elle a dû sortir précipitamment de la salle, le visage livide. Quand je l'ai retrouvée dans le couloir, elle respirait trop vite, agrippant le tissu de sa blouse comme si elle cherchait un point d'ancrage.

— Victoire ? Ça va ?

Elle a mis du temps à répondre. Puis elle a forcé un sourire et murmuré un « oui » à peine audible.

C'est ce jour-là que j'ai compris que quelque chose n'allait pas. Que ce n'était pas juste la fatigue des études, pas juste le stress des stages.

Mais j'étais encore trop aveugle pour voir l'ampleur du problème.

J'aurais dû insister.

J'aurais dû lui dire que je voyais bien qu'elle n'allait pas bien.

Mais je me suis dit qu'elle gérait la situation. Alors, j'ai supposé que ce n'était pas aussi grave que ça en avait l'air.

Je ne sais plus exactement quand Victoire a cessé d'être la personne que je connaissais. C'est arrivé progressivement, comme une lumière qui s'éteint lentement. C'est en cinquième année que j'ai compris que je m'étais trompée. Victoire n'était plus la même.

En cinquième année, elle parlait peu. Sortait encore moins, m'évitait de temps en temps. Elle était devenue une ombre d'elle-même. Ses cernes étaient marqués, sa posture plus fermée. En cours, elle semblait ailleurs. La Victoire qui riait tout le temps et m'entraînait dans ses conneries en première année, il n'en restait rien. Quelque chose s'était éteint en elle.

J'aurais dû le remarquer plus tôt.

Elle ne riait plus autant. Ses messages étaient plus rares, plus brefs. Quand on se croisait dans les couloirs, elle me souriait, mais ce n'était plus le même sourire. Il était poli, mécanique. Pas le sourire de ma meilleure amie.

J'ai mis ça sur le compte du stress.

On était tous fatigués. Tous dépassés.

Alors, encore une fois, j'ai supposé que ce n'était rien.

Puis il y a eu les absences. D'abord discrètes : un déjeuner qu'elle annulait au dernier moment, un message auquel elle ne répondait pas pendant des heures. Puis, plus inquiétantes : des journées entières où elle semblait ailleurs, les traits tirés, le regard vide.

Un soir, après un stage en réanimation, j'ai essayé d'en parler avec elle.

— Vic, tu vas bien ?

Elle a levé les yeux vers moi et m'a offert ce sourire faux qui commençait à devenir habituel.

— Bien sûr. Juste crevée.

J'ai voulu insister. Lui dire que je voyais bien que ce n'était pas seulement de la fatigue. Que quelque chose n'allait pas.

Mais elle a changé de sujet, et j'ai laissé tomber.

Peut-être que je ne voulais pas savoir.

Les mois ont passé et la sixième année débutait…et Victoire s'est éloignée encore un peu plus. Elle ne venait plus à certaines soirées entre externes. Elle répondait de plus en plus rarement à mes appels. Et même quand nous étions ensemble, elle semblait ailleurs.

Un jour, alors que je restais tard à la bibliothèque, je l'ai vue. Elle était assise à une table au fond, le dos voûté, les mains crispées sur son stylo. Devant elle, ses fiches étaient à moitié rédigées, certaines raturées d'une main tremblante.

Elle ne m'a pas vue tout de suite. Elle fixait un point invisible devant elle, respirant par à-coups. J'ai senti mon estomac se nouer.

— Vic ?

Elle a sursauté, comme si elle revenait brutalement à la réalité. Puis elle s'est forcée à sourire.

— Julie… T'es encore là ?

Sa voix était fatiguée.

Je me suis assise en face d'elle.

— Tu révises encore à cette heure-là ?

Elle a haussé les épaules.

— Pas moyen de dormir.

Je n'ai pas insisté. Je me suis contentée de rester là, avec elle, jusqu'à ce qu'elle range ses affaires et accepte que je la ramène chez elle.

Mais cette nuit-là, j'ai compris que Victoire ne dormait plus.

Ce qui me fait le plus mal, aujourd'hui, c'est de savoir que j'étais si proche de comprendre... et que je n'ai rien fait.

Victoire n'a jamais craqué devant moi.

Elle n'a jamais pleuré, jamais explosé.

Elle a juste disparu, lentement.

Elle était là physiquement, mais son esprit semblait ailleurs. Je crois que, quelque part, elle avait abandonné.

Je me souviens d'un matin où je l'ai vue arriver en retard à un stage. Ses mains tremblaient légèrement alors qu'elle enfilait sa blouse.

— Ça va ? avais-je demandé, comme d'habitude.

— Oui, juste mal dormi, m'avait-elle répondu.

Je n'avais rien dit de plus.

Mais maintenant, je me demande ce qui se serait passé si j'avais insisté. Maintenant que je sais le fin mot de l'histoire.

La sixième année est une course contre la montre. L'externat, les dernières révisions, la préparation aux Examens Classants Nationaux.

J'étais tellement absorbée par mes propres angoisses que j'ai cru, naïvement, que Victoire allait mieux. Elle était toujours là, en stage, en cours. Elle répondait un peu plus souvent à mes messages. J'ai cru que tout s'était arrangé. J'avais tort.

Ce n'est qu'après l'un de nos derniers stages que j'ai compris.

Nous étions toutes les deux affectées en psychiatrie pendant quelques semaines. Une rotation difficile, qui nous confrontait à des patients en souffrance psychique intense.

Un jour, alors que nous assistions à une consultation, une patiente a raconté comment elle avait passé des mois à cacher son mal-être à ses proches. Elle parlait de l'angoisse qui l'étouffait, des nuits blanches, du poids immense qui l'écrasait chaque jour.

Je n'ai pas regardé la patiente. J'ai regardé Victoire. Elle ne disait rien. Elle ne bougeait pas. Mais son visage était figé, ses doigts crispés sur son carnet.

J'ai senti une vague glacée me traverser le corps.

Victoire comprenait trop bien ce que cette patiente racontait. Parce qu'elle vivait la même chose. Et je n'avais rien vu.

Ce jour-là, j'ai voulu lui parler. J'ai voulu lui dire que je savais, que je voyais enfin. Mais Victoire a fui.

À la fin de la journée, elle est partie rapidement, sans un mot.

Et moi, je suis restée là, paralysée par la culpabilité.

C'est quand j'ai reçu son message ce soir-là, que j'ai compris qu'il était trop tard.

CHAPITRE 13

Le point de non-retour

Cela a commencé petit à petit, comme une brise qu'on ne remarque pas mais qui, jour après jour, devient un vent de plus en plus froid, de plus en plus glacial. Quand je repense à cette époque, je me demande où tout a commencé. Est-ce qu'il y a eu un moment précis où tout a basculé ? Un mot, un regard, une blague qui ne l'était pas vraiment ? Je n'arrive pas à mettre le doigt sur ce qui a fait tout déraper. Mais aujourd'hui, je sais que la souffrance s'est installée insidieusement, sans bruit, jusqu'à ce qu'elle devienne une partie de moi.

Je me souviens de cette première année, de ma fierté d'avoir réussi et de l'énergie que j'avais mise dans mes études. Au début, tout était beau, tout était possible. Mais au fur et à mesure, quelque chose a changé. Ce quelque chose, c'était Carla. Ce n'était plus un mot de trop, un rire nerveux, une moquerie furtive. C'était devenu systématique, presque une routine. Et personne ne semblait le voir, à part Julie, qui a tenté de m'aider au début.

Carla n'avait plus besoin de me dénigrer ouvertement. Elle s'en satisfaisait bien assez avec des regards lourds de sens, des ricanements lancés à ma direction, des remarques faites sous forme de blagues, mais suffisamment acerbes pour que je sache qu'elles m'étaient destinées. Tout devenait ambigu, entre le subtil et l'agressif, et c'est exactement ce qui me blessait le plus. Parce qu'on ne pouvait rien prouver. Elle était intelligente, manipulatrice, et savait parfaitement à quel moment frapper.

Il y avait les messages aussi. Ces petits textos que je recevais sur mon téléphone, les nuits où je croyais pouvoir dormir un peu, où je pensais que j'avais échappé à la tension de la journée. Ces messages qui semblaient inoffensifs au début, des blagues sur ma façon de travailler ou sur mes résultats, mais qui au fur et à mesure sont devenus de plus en plus personnels, plus intenses, plus cruels. Elle savait exactement où frapper. Ses mots me brûlaient, mais je n'osais rien dire. Après tout, qui me croirait ? Qui me prendrait au sérieux ?

Les mois passaient et, avec chaque stage, chaque examen, la pression s'accumulait. Moi qui avais toujours été une élève studieuse, je commençais à m'effondrer. Je n'arrivais plus à me concentrer, à retrouver cette énergie qui me poussait à avancer. Chaque jour devenait une épreuve. Au lieu de profiter des moments avec mes amis, je me renfermais sur moi-même. Même Julie, qui était ma meilleure amie, ne semblait pas remarquer à quel point je m'éloignais. Et pour être honnête, je n'avais même pas la force de lui en parler. Comment lui expliquer ce que je ressentais, cette angoisse constante qui me paralysait, ce stress qui m'envahissait au point de ne plus pouvoir respirer, même pendant les cours ?

Je me souviens de cette nuit où je n'ai pas pu m'empêcher de pleurer. C'était la veille d'un stage en réanimation, et je n'avais pas pu fermer l'œil. La pression était insupportable, mais c'était autre chose qui m'oppressait. C'était la peur. La peur de retourner dans un environnement où je savais qu'elle serait là. La peur de ses regards, de ses remarques, de ses messages.

Cette peur silencieuse qui me rongeait de l'intérieur.

C'est au début de la deuxième année que j'ai commencé à aller voir un psychiatre. Mais même avec les rendez-vous, même avec les traitements, je n'avais pas l'impression que cela changeait quelque chose. Carla continuait de me harceler. Plus subtil, plus vicieux. Des messages de plus en plus cruels, des appels en absence, des photos d'elle et de ses amies avec des légendes qui semblaient être destinées à me rabaisser. Je me souviens encore de ce message un samedi soir :

— « Toujours en train de réviser, Victoire ? Ou tu as enfin compris que tu n'arriveras jamais à être à la hauteur ? »

Au début, je voulais répondre, me défendre, mais le psychiatre m'avait conseillé de ne pas alimenter le conflit. « Les personnes qui vous harcèlent ne cherchent qu'une chose : obtenir une réaction. Ne leur donnez pas ce pouvoir, » m'avait-il dit. Mais c'était plus facile à dire qu'à faire. Chaque message, chaque sourire moqueur de Carla me poignardait en plein cœur.

Le problème, c'est que ces petites attaques incessantes n'étaient pas visibles pour les autres. À l'extérieur, je semblais toujours la même, la Victoire studieuse et souriante. Mais à l'intérieur, je me battais contre des démons invisibles, des peurs qui se manifestaient par des crises d'angoisse de plus en plus fréquentes et violentes.

Je ne voulais pas que Julie sache à quel point je souffrais. Comment lui expliquer que, même entourée de gens, je me sentais terriblement seule ? Comment lui dire que la personne qui me faisait le plus de mal était celle que je ne pouvais pas fuir, celle que je devais affronter tous les jours à l'université, en cours, en stage, même à travers un simple message ?

Je me refermais de plus en plus sur moi-même. J'avais l'impression que parler à Julie ne ferait qu'alourdir son fardeau, qu'elle serait déçue de moi. Elle ne méritait pas de porter mes souffrances. Et pourtant, chaque jour, je me sentais un peu plus épuisée, un peu plus invisible.

La sixième année est arrivée, et avec elle, l'idée qu'il était enfin temps de tourner la page. Mais rien n'était aussi simple. Carla était toujours là, ses messages toujours aussi piquants, toujours aussi présents. Le harcèlement avait cessé d'être un simple détail, il était devenu ma réalité. Mais je n'avais plus la force d'en parler à qui que ce soit. Le temps passait, et moi, j'étais là, à lutter contre mes démons, à me battre contre mes angoisses, tout en essayant de sourire à ceux qui m'entouraient.

Puis ce soir-là, mes démons m'ont rattrapé. J'ai pris mon téléphone. Je l'ai observé longuement, mes doigts hésitant sur l'écran. Les mots étaient là, prêts à sortir, mais je ne savais pas comment les formuler. Je voulais parler à Julie, mais je n'avais pas les mots pour exprimer la douleur qui me rongeait.

Je ne savais même pas si elle comprendrait. Après tout, elle était toujours là pour moi, toujours à m'écouter, mais je me sentais de plus en plus éloignée d'elle. J'avais l'impression de vivre dans un monde parallèle, un monde où rien n'était tout à fait réel, où ma souffrance était trop grande pour être partagée. Mais, à cet instant précis, je n'en pouvais plus. Je ne pouvais plus garder tout ça en moi.

Je tapais et effaçais, puis je recommençais, encore et encore. Je me suis finalement lancée, appuyant sur « envoyer » sans vraiment réfléchir. Ce message, c'était comme un cri, un appel silencieux à l'aide, mais tout en restant dans l'ombre, comme si je ne voulais pas la voir réagir de manière trop évidente.

— « Julie, je... je ne sais plus comment faire. Je n'en peux plus de tout ça. C'est trop, je me sens écrasée. Je suis fatiguée. Et j'ai l'impression que tout ce que je fais ne suffit jamais. Ça va trop loin. »

Je relâchais mon téléphone sur mon lit et me laissais tomber contre l'oreiller, les yeux fixés sur le plafond. Il y avait une lourdeur dans l'air, une sorte de silence assourdissant qui m'envahissait. Mais je savais que je ne pouvais plus attendre, que je ne pouvais plus supporter ce poids toute seule.

Quelques minutes passèrent. Le téléphone vibre. Je saisis l'appareil en espérant que ce soit elle, que Julie ait vu mon message. Mais au fond de moi, je n'étais même pas sûre de ce que j'attendais réellement. Elle allait probablement me répondre, mais la vérité, c'est que je ne croyais plus vraiment qu'il y avait une issue à cette situation.

— « Tu veux en parler ? Je suis là pour toi, comme toujours. Tu le sais non ? Et tu n'es pas seule dans tout ça, je te l'ai dit. Si tu as besoin de quoi que ce soit, tu peux compter sur moi. »

Ses mots étaient réconfortants, mais en même temps, ils me faisaient sentir encore plus faible. Je savais qu'elle ferait tout pour m'aider, que tout ce qu'elle voulait, c'était que je m'en sorte. Mais moi, j'avais l'impression de n'être qu'un poids, un fardeau qu'elle devait supporter. C'est pour ça que je n'en ai parlé à personne, même pas à mes parents. Et je n'arrivais plus à croire qu'il y ait une solution à tout ça.

Je voulais répondre. Lui dire que je l'appréciais plus que tout. Lui dire que je l'aimais d'une manière que je n'avais jamais su expliquer. Mais le message qui était dans ma tête était trop lourd. J'avais l'impression qu'il brisait tout ce que j'avais mis de côté pendant des mois.

Je me levai enfin, marchant lentement à travers la pièce. Il était trop tard pour revenir en arrière. Je savais que ma tentative de demander de l'aide serait sans retour. Je n'avais pas la force de répondre à son message. Mon corps était fatigué, mon esprit complètement noyé dans cette mer de confusion. J'avais besoin d'une pause. Une pause de tout. Une pause où personne n'attendait rien de moi.

Je revenais vers mon téléphone, mes doigts tremblaient légèrement alors que je l'attrapais. Un autre message de Julie, une question toute simple, mais qui me tordait les entrailles.

— « Tu es sûre que tu vas bien ? On peut en parler quand tu veux. Il faut que tu me dises si tu as besoin de parler. »

Je regardais l'écran, les yeux brouillés de larmes. Pourquoi était-ce si difficile de lui répondre ? Pourquoi ce simple échange me paraissait-il comme un mur infranchissable ? Elle était là, ma meilleure amie, elle voulait m'aider, mais je me sentais tellement seule que j'étais perdue.

Je répondis enfin, mais les mots que j'écrivais semblaient n'avoir aucun sens. Les touches glissaient sous mes doigts, comme si ma propre écriture était déjà une lutte. Je leur donnais un sens, mais au fond de moi, je savais que je n'étais pas prête à l'accepter. Pas prête à lui avouer combien ça allait mal.

— « Je vais bien. Ce n'est rien, juste un mauvais jour. Ça va passer. »

C'était un mensonge. Un mensonge que j'avais appris à dire. Je ne voulais pas qu'elle sache. Elle n'avait pas à savoir. Pas maintenant. Pas encore.

Je posai mon téléphone sur la table de chevet et me laissai tomber dans mon lit. La lumière du lampadaire extérieur pénétrait à peine à travers les rideaux, créant une atmosphère presque irréelle. Comme une demi-lumière qui ne m'offrait aucune consolation. Je fermai les yeux, mais les pensées tournaient toujours dans ma tête, comme un tourbillon. Chaque pensée s'embrouillait dans l'autre. J'étais trop fatiguée pour les arrêter. Trop fatiguée pour essayer de remettre de l'ordre dans mes pensées.

Je voulais tout effacer. Je voulais que la douleur s'arrête, que la pression disparaisse. Mais au lieu de cela, la douleur était là, plus présente que jamais. Je me sentais comme si je sombrais dans un abîme sans fin. C'était étrange, parce que je savais qu'une part de moi voulait encore en sortir, mais cette part était trop faible face à la force de l'autre.

Je me levai à nouveau, mes jambes tremblantes. Tout devenait flou, je sentais mon esprit s'embrouiller. Les murmures dans ma tête se faisaient de plus en plus forts. Tout semblait irréel. J'avais l'impression de flotter au-dessus de moi-même, observant ma propre douleur sans être capable de l'arrêter. J'étais une spectatrice impuissante de ce terrible spectacle qui était en train de se jouer.

Je partis alors dans la salle de bain, fermant la porte derrière moi. Là, tout était calme, tout était silencieux. C'était ce calme qui me terrifiait. J'étais seule, à un moment où je ne savais plus si je pouvais me relever. Mais je ne pouvais pas faire marche arrière.

La nuit s'étira, mais dans la brume de mon esprit, je ne savais plus quand la souffrance allait cesser. Je n'avais plus d'espoir de revenir à la surface. Mais une chose était certaine : je n'étais plus seule à cet instant. Julie savait que quelque chose n'allait pas. Même si je n'avais pas eu le courage de lui dire toute la vérité, elle savait. Et c'était tout ce qui comptait pour moi.

Dans l'obscurité silencieuse, je m'effaçais lentement, comme une étoile filante qui s'éteint avant même d'avoir eu le temps de briller.

CHAPITRE 14

Comme si de rien n'était

Mercredi 6 avril, 23h07

— « Julie, je... je ne sais plus comment faire. Je n'en peux plus de tout ça. C'est trop, je me sens écrasée. Je suis fatiguée. Trop fatiguée. Et j'ai l'impression que tout ce que je fais ne suffit jamais. Ça va trop loin. »

Je lus le message comme un coup de poignard en plein cœur. Victoire... Elle n'allait pas bien, et je ne l'avais pas vu venir. Une angoisse sourde s'installa dans ma poitrine alors que je tapais une réponse précipitée :

— « Tu veux en parler ? Je suis là pour toi, comme toujours. Tu le sais non ? Et tu n'es pas seule dans tout ça, je te l'ai dit. Si tu as besoin de quoi que ce soit, tu peux compter sur moi. »

Les minutes passèrent dans un silence pesant. J'étais tendue sur mon lit. Mon téléphone restait muet. L'inquiétude me rongeait, alors j'envoyai un autre message, plus pressant :

— « Tu es sûre que tu vas bien ? On peut en parler quand tu veux. Il faut que tu me dises si tu as besoin de parler. »

Toujours rien. Mon cœur battait à tout rompre. J'essayais de me raisonner : peut-être qu'elle dormait, peut-être qu'elle ne voulait pas répondre tout de suite. Mais l'angoisse ne me lâchait pas.

Enfin, une réponse s'afficha :

— « Je vais bien. Ce n'est rien, juste un mauvais jour. Ça va passer. »

Un soupir de soulagement m'échappa, mais une partie de moi savait que ce n'était pas vrai. Pourtant, je me raccrochais à ces mots. Victoire disait que ça allait. Ça voulait dire qu'elle allait bien, non ?

Le réveil sonna bien trop tôt. Mes paupières étaient lourdes, mon corps vidé de toute énergie. J'avais à peine dormi. Tout au long de la nuit, j'avais espéré une réponse, un message supplémentaire, une preuve que Victoire allait vraiment bien. J'avais laissé mon téléphone sur ma table de chevet, mais le sommeil n'était pas venu. J'ai guetté chaque vibration, chaque lueur de l'écran. Mais rien.

En m'habillant, mes gestes étaient lents, presque mécaniques. Mon esprit était encore prisonnier de l'inquiétude.

Mes mains tremblaient légèrement lorsque j'arrivai à la fac. Mon regard balaya immédiatement le devant du bâtiment, à la recherche de Victoire. L'angoisse me serrait encore la poitrine, mais en une fraction de seconde, tout s'évapora.

Elle était là.

Elle marchait dans ma direction, son sac en bandoulière, une expression détendue sur le visage.

Je me suis précipitée vers elle, incapable de cacher mon soulagement.

— Tu vas bien, Victoire?! Tu ne m'as pas répondu hier soir, tu m'as fait trop peur !

Ma voix tremblait légèrement. Elle, en revanche, semblait sereine, presque légère.

— Je te promets que ça va mieux, Julie. Je suis désolée pour hier soir.

Elle me sourit, un sourire éclatant, un sourire comme je n'en avais pas vu depuis longtemps. Autour de nous, les autres étudiants nous regardaient étrangement. Il y avait dans leurs yeux une lueur que je ne comprenais pas. Une forme de compassion étrange, presque déplacée. Carla, elle, ne disait rien. Pas de regard noir, pas de murmure moqueur avec ses amies. Ça devait bien être la première fois en 6 ans. C'était étrange, mais je voulais croire que c'était enfin terminé. Mon cœur se réchauffa un peu. Peut-être que Victoire était enfin libre. Que cette bataille était achevée.

La matinée passa rapidement. Victoire et moi nous sommes installées au troisième rang dans l'amphithéâtre pour notre premier cours, côte à côte comme toujours.

— Bon, cette fois, c'est toi qui prends les notes, hein ? plaisantai-je en lui donnant un léger coup de coude.

Elle rit, un rire clair et léger.

— Tu es sérieuse ? Avec mon écriture illisible ? On ne pourra rien réviser après !

Je levai les yeux au ciel, mais son rire me fit du bien. Ce sourire qu'elle avait perdu depuis si longtemps.

Le professeur entra et commença son cours, mais j'avais du mal à me concentrer. Mes pensées retournaient sans cesse à la veille, à ce message, à cette inquiétude qui ne disparaissait pas complètement.

Je jetai un coup d'œil à Victoire. Elle prenait des notes, comme si de rien n'était. Elle souriait même de temps en temps.

Alors peut-être que c'était vrai. Peut-être qu'elle allait vraiment mieux.

À la pause, nous nous dirigeâmes vers la cafétéria. J'avais oublié à quel point ces moments avec elle me faisaient du bien.

— T'as vu l'emploi du temps pour la semaine prochaine ? demanda-t-elle en mordant dans son sandwich.

— Ouais, on va encore avoir des journées de malade...

Elle fit une grimace avant de rire.

— Franchement, à ce stade, on devrait être payées !

Je ris à mon tour, et pour la première fois depuis des semaines, tout semblait normal.

L'après-midi passa de la même manière. Pendant les cours, Victoire continuait à plaisanter, à m'envoyer des petits mots stupides, à faire des remarques à voix basse qui me faisaient pouffer de rire. Au début du cours de 13h30, le directeur est venu nous annoncer que le dernier cours de la journée était annulé. C'était une bonne nouvelle n'est-ce pas ?

C'était comme si tout allait bien.

Comme si hier soir n'avait jamais existé.

À la fin de l'après-midi écourté, je lui ai proposé de venir réviser chez moi, comme on faisait ces derniers temps pour réviser les Examens Classants Nationaux.

— Allez, j'apporte le chocolat et toi, tu t'occupes des cours.

— Deal.

On s'est allongées sur mon lit, les feuilles de cours éparpillées autour de nous. C'est dingue toutes les matières que l'on doit apprendre pour valider cet examen ! Au bout d'une heure, on ne révisait déjà plus. On riait, on parlait de l'avenir, de nos rêves. Elle voulait arriver dans les premières pour les Examens Classants Nationaux, elle voulait devenir médecin réanimateur. Je l'ai toujours su, c'était sa voie.

— Bon, tu crois qu'on a une chance de réussir cet examen ?

— Évidemment, on est les meilleures !

Elle rit encore, et je sentis mon cœur se gonfler d'un bonheur simple.

J'avais l'impression que tout était redevenu normal.

C'était fini. Elle allait mieux. Tout allait bien.

Puis il y eut ce coup à la porte. Mes parents entrèrent. Leurs visages étaient pâles, leurs yeux rougis, gonflés par des larmes que je ne comprenais pas.

Je fronçai les sourcils, inquiète.

— Julie... Il faut que tu la laisses partir.

CHAPITRE 15

La révélation

Le silence.

Il emplissait la pièce comme une chape de plomb, étouffant le bruit de mon souffle court, de mon cœur affolé.

Ma mère s'était assise sur le bord de mon lit, son regard plein d'une douceur tragique, d'une compassion que je ne voulais pas comprendre.

— Julie...

Je secouai la tête.

— Non. Arrêtez. Victoire est là. Elle est avec moi, elle était là toute la journée, elle a rigolé, elle m'a envoyé des messages, elle était là... Elle était là...

Je me tournai vers elle, prête à rire de cette étrange conversation. Mais il n'y avait personne. Le lit était vide. Les feuilles de cours éparpillées ne portaient aucune trace de sa présence. Mon cœur s'emballa brutalement. Ma gorge se serra.

— Non... Non, ce n'est pas vrai ! Elle était là, juste là !

Mon père baissa les yeux, incapable de soutenir mon regard. Ma mère me prit la main, serrant ses doigts fins autour des miens.

— Chérie... Victoire... Elle est partie...

Mes oreilles bourdonnaient. Mon cerveau refusait de traiter ces mots. Partie ? Partie où ? Mon regard se posa sur mon téléphone posé à côté de moi. L'écran était toujours allumé, affichant notre dernière conversation : « Je vais bien. Ce n'est rien, juste un mauvais jour. Ça va passer. »

Mais ça n'était pas passé.

Ma gorge se serra. Ma vision devint trouble.

Non. Non.

Je me levai brusquement, repoussant la main de ma mère.

— Arrêtez. Vous ne comprenez rien. Victoire est là ! Elle va arriver !

J'étais déjà en train de fouiller dans mon téléphone. J'allais l'appeler. Lui envoyer un message. Et elle me répondrait. Elle devait me répondre. Comme elle le faisait toujours. Comme elle le faisait depuis ces 6 dernières années.

Je tapai rapidement :

— « Victoire, t'es là hein ? Dis-moi que t'es là. »

Je levai les yeux, m'attendant à voir apparaître une réponse instantanée, un accusé de réception, une notification.

Mais l'écran resta vide. Pas de réponse. Pas de Victoire.

J'essayai de l'appeler. Une fois. Deux fois. Pas de réponse

Mon souffle se coupa.

Non.

C'était une erreur. Une mauvaise blague. Un cauchemar dont j'allais me réveiller.

— Vous mentez. Vous mentez ! criai-je en lançant mon téléphone sur mon lit.

Ma mère sursauta, son regard se brouilla de larmes. Mon père passa une main sur son visage, comme si ce qu'ils avaient à me dire était trop lourd à porter.

— Julie... Victoire s'est suicidée hier soir. Ses parents nous ont prévenus ce matin...

Mon corps se figea. Plus je regardais autour de moi, plus l'évidence me frappait. Elle n'était jamais venue. Elle n'avait jamais été là aujourd'hui.

Mes souvenirs de la journée défilaient dans mon esprit comme un film brisé. Les regards étranges des étudiants. L'absence de Carla. Le silence pesant.

Et cette voix dans ma tête, celle que j'avais ignorée toute la journée, murmurant une vérité que je refusais d'entendre.

Mon souffle se bloqua dans ma gorge. Le monde autour de moi devint flou. J'avais entendu les mots. Je savais ce qu'ils voulaient dire mais ils n'avaient aucun sens à mes yeux. J'avais vu Victoire aujourd'hui et j'avais entendu son rire. J'avais senti sa présence à mes côtés, comme toujours.

— Non... murmurai-je.

C'était un mensonge, qu'un putain de mensonge. Elle allait arriver. Elle allait me prouver qu'ils avaient tort.

Je fonçais hors de ma chambre, dévalant les escaliers sous les appels inquiets de mes parents. J'ouvris la porte d'entrée, sortant dans la rue, mon regard cherchant frénétiquement autour de moi. Elle était là. Elle devait être là. Mais la rue était vide et le froid de la nuit me glaça jusqu'aux os.

Je me suis alors mise à courir, vers la maison de ses parents, son chez-elle. Les battements de mon cœur tambourinaient dans ma tête, un bruit sourd et douloureux.

Quand j'arrivai devant sa maison, tout était noir. La porte était close et un attroupement silencieux se tenait devant.

Je reconnaissais certains de nos camarades de fac, leurs visages marqués par l'incompréhension et la tristesse.

Et puis, il y avait Carla. Son visage fermé et ses bras croisés sur sa poitrine. Elle ne disait rien, elle ne souriait pas, elle n'avait plus rien à dire.

— C'est pas vrai... chuchotai-je en m'effondrant sur le trottoir.

La réalité s'abattit sur moi comme une tempête violente, dévastatrice. Mais je n'étais pas prête à l'accepter. Alors, je fis ce que mon esprit me dictait : j'effaçai la vérité.

Je repoussai les mots de mes parents, les larmes, les sanglots. Victoire n'était pas partie. Elle était toujours là. Elle devait être là.

Parce que si elle n'était plus là... alors comment pouvais-je continuer à respirer ?

Et la réalité m'engloutit.

CHAPITRE 16

En enfer

Je refusai d'y croire.

Quand je suis rentrée chez moi cette nuit-là, je refusai d'éteindre mon téléphone, guettant un message, un signe.

Le lendemain matin, j'envoyai un message à Victoire.

— « T'es en retard pour le cours de neuro, tu fais quoi ? »

Aucune réponse, mais ça ne voulait rien dire. Peut-être qu'elle dormait encore, à cause de sa mauvaise habitude de trainer au lit ou alors, peut-être qu'elle allait répondre plus tard, elle devait être occupée.

Je suis arrivée en cours, comme d'habitude. Je me suis installée à ma place habituelle et j'ai mis son stylo préféré à côté du mien, comme toujours. Elle avait l'habitude de me le piquer car elle aimait bien la mine par rapport aux siens. Et j'ai attendu qu'elle arrive. Elle devait arriver... mais le temps passait et le professeur commença à parler. Puis Victoire n'était toujours pas là. Elle ne viendrait pas.

Les regards des autres étudiants sur moi me mettaient mal à l'aise. Je savais ce qu'ils pensaient. Je savais qu'ils me regardaient avec pitié, et j'avais horreur de ça. Ils avaient tort, Victoire allait revenir car elle le devait. Elle ne m'aurait jamais laissée comme ça, seule.

À la pause, je sortis mon téléphone et lui envoyai un autre message.

— « Tu veux qu'on se retrouve à la cafét' ? »

Toujours rien.

Mais je la vis pourtant, dans un coin de la salle. Elle était là, assise à notre table habituelle, en train de siroter son café trop sucré. Je me suis approché d'elle, un sourire tremblant sur les lèvres.

— T'aurais pu répondre à mon message, quand même ! plaisantai-je.

Mais alors que j'allais m'asseoir en face d'elle, elle disparut.

Et mon cœur se brisa un peu plus.

Je n'avais pas encore parlé du vide, de ce trou béant dans mon quotidien, de son absence qui me hantait. Je vivais comme si rien n'avait changé. Je continuais à lui parler, à lui écrire, à lui garder une place en cours. Je continuais de l'imaginer rire à mes blagues, soupirer en révisant avec moi, me donner des coups de coude pendant les conférences trop longues.

Les autres ne comprenaient pas.

Ma mère voulait que je parle à quelqu'un mais pourquoi aurais-je eu besoin d'aide ?

Victoire était là. Elle était et serait toujours là, même si personne d'autre ne pouvait la voir.

Puis un soir, en rentrant, je vis une boîte posée sur mon lit. Mon père me la tendit avec un air grave.

— C'est... pour toi. De la part de la famille de Victoire.

Mon cœur rata un battement. Je pris la boîte avec hésitation, mes doigts tremblants effleurant le carton. Puis je l'ouvris lentement.

À l'intérieur, il y avait des affaires de Victoire : son écharpe préférée que je lui avais offerte pour son 21e anniversaire, un livre d'anatomie pour les examens de fin d'année, un carnet, un stylo m'appartenant... et une lettre.

Je déglutis avec difficulté en la prenant entre mes doigts. C'était l'écriture de Victoire. Ma vision se brouilla pendant que j'ouvrais l'enveloppe avec précaution et lus les premières lignes.

« Julie, si tu lis cette lettre, c'est que je ne suis plus de ce monde. »

Mon cœur s'arrêta, mon souffle devint erratique et mes mains se mirent à trembler violemment.

Non.

Non, non, non.

Je refusais de lire la suite. Je refusais d'accepter ces mots. J'ai jeté la lettre sur le lit, reculant comme si elle était maudite. Je serrais les poings, cherchant un moyen d'échapper à cette douleur insoutenable.

Et puis, sans prévenir, la colère monta en moi comme une vague dévastatrice. Je me levai brutalement et balançai la boîte contre le mur. Les affaires de Victoire s'éparpillèrent sur le sol et son écharpe glissa doucement jusqu'à mes pieds.

C'est à ce moment-là que je me suis effondrée. Un cri s'échappa de mes lèvres, un hurlement de douleur brute, incontrôlable.

Elle n'était plus là. Elle ne serait plus jamais là.

Et j'étais seule. Seule avec ce vide insupportable.

Et pour la première fois depuis ce maudit message du 6 avril, j'acceptai enfin la vérité.

Victoire était partie.

Et je ne pouvais plus prétendre qu'elle était encore là.

Je sentis mon monde s'écrouler sous mes pieds.

Retour en arrière

— « Je vais bien. Ce n'est rien, juste un mauvais jour. Ça va passer. »

C'est le dernier message que j'ai tapé avant d'éteindre mon téléphone. Les mots étaient là, froids, impersonnels, destinés à rassurer Julie, à la maintenir à distance.

Je ne voulais pas qu'elle s'inquiète. Je la connaissais trop bien. Elle aurait continué à m'écrire, elle aurait paniqué, elle aurait sûrement même débarqué chez moi en pleine nuit. Et il était hors de question qu'elle voie ça. Je ne voulais pas lui causer plus de peine qu'elle n'éprouverait déjà.

J'aurais aimé pouvoir lui dire la vérité. Que ça ne passera pas, que ça fait des années que ça ne passe pas. Que chaque matin, je me réveille en espérant que ce soit moins dur, et que chaque soir, je m'endors en sachant que ça ne le sera jamais. Mais je ne pouvais pas, parce qu'elle aurait essayé de m'arrêter. Parce que Julie, dans toute sa bonté, dans toute sa lumière, aurait voulu me sauver. Et je ne voulais plus être sauvée.

J'ai laissé mon téléphone face contre mon bureau, comme si ce simple geste pouvait l'éloigner de moi, la protéger de ce qui allait suivre, la protéger de l'enfer qu'elle allait vivre par la suite. Un frisson me parcourut et un soupir s'échappa de mes lèvres. Était-ce la peur ? Le soulagement ? J'avais pensé que je serais terrifiée, que mes mains trembleraient, que mon cœur battrait à tout rompre sous l'adrénaline. Mais il n'y avait rien, rien d'autre qu'un immense soulagement. C'était fini, enfin... bientôt, ce serait fini.

Mon regard glissa sur mon bureau. Je devais écrire, je ne pouvais pas partir comme ça. J'attrapai un stylo et une feuille. Mon dernier message, mon dernier lien avec eux, mon dernier lien à la vie. Le monde allait continuer sans moi et je voulais qu'ils comprennent pourquoi. Je devais leur laisser un dernier morceau de moi-même, quelque chose auquel se raccrocher quand je leur manquerais.

Mes doigts se refermèrent sur un stylo. Un stylo bleu, avec des petites traces de morsure sur le capuchon... celui de Julie. C'était mon préféré, celui que je lui piquais tout le temps. Combien de fois l'avait-elle laissé traîner sur ma table en venant réviser chez moi ? Un sourire triste effleura mes lèvres. Mon dernier sourire. Je voulais qu'elle sache à quel point elle comptait pour moi.

Alors, je laissai mes mots s'échapper.

« Julie,

Si tu lis cette lettre, c'est que je ne suis plus de ce monde.

Je suis désolée. Tellement, tellement désolée. Je sais que ça va te faire du mal, que tu vas en vouloir à la terre entière, que tu vas peut-être même t'en vouloir à toi-même. Je sais que tu vas hurler, pleurer, te sentir coupable. Mais sache que rien de tout ça n'est ta faute Julie. La vérité, c'est qu'il n'y avait rien à faire.

Rappelle-toi les bons moments : notre rencontre dans cet amphithéâtre bondé en première année (tu te souviens, quand je suis arrivée en retard), notre première soirée, nos séances de révisions, notre validation en médecine, nos premiers stages ensemble...

Tu as tout fait pour moi, bien plus que ce que je n'aurais jamais osé demander. Tu as été là à chaque instant, même quand moi je n'étais plus là pour moi-même. Mais parfois, même l'amour et l'amitié ne suffisent pas.

Je suis fatiguée, Julie. Tellement fatiguée. Une fatigue qui ne se soigne pas avec du repos ou des mots rassurants. Une fatigue qui me suit depuis des années, qui s'accroche à moi comme une ombre et qui m'empêche de respirer.

J'aimerais te dire que je vais mieux. Que demain matin, je vais me réveiller et que tout ça ne sera qu'un cauchemar. Mais ce serait un mensonge. Et je n'ai plus la force de mentir.

Ne m'en veux pas et surtout, ne t'en veux pas. Oublie-moi, si tu peux. Et surtout, vis. Ne te laisse pas engloutir comme moi.

Tu as été ma lumière dans l'obscurité. Mais même les plus belles étoiles finissent par s'éteindre. Je t'en prie, ne t'éteins pas pour moi.

Je veux que tu termines tes études, que tu vives la vie que tu as toujours rêvée.

Poursuis ton rêve d'être neurochirurgienne pédiatrique, tu en es plus que capable.

Continue de vivre Julie, vis pour nous deux.

Je t'aime. Tu as été la plus belle chose qui me soit arrivée dans ma vie.

Victoire, ta meilleure amie. »

Une larme roula sur ma joue et s'écrasa sur le papier, brouillant légèrement l'encre. Je laissais mon stylo rouler sur la table et me levai lentement. Ma chambre était baignée dans une pénombre apaisante et tout était silencieux.

C'était fini, j'avais tout dit, tout ce que j'avais sur le cœur.

Le monde continuerait de tourner mais pour moi, tout s'arrêtait ce soir.

Il ne restait plus qu'à leur dire au revoir. C'était beaucoup plus dur que ce que je pensais. Mes parents, mon frère, ils n'allaient sûrement pas comprendre. Je ne leur avais parlé de rien, ni des traitements, ni du harcèlement... de rien.

Je pris une seconde feuille et y inscrivis quelques mots pour mes parents et mon frère. Je ne savais pas comment leur expliquer l'inexplicable. Je savais pertinemment qu'ils chercheraient des raisons, qu'ils retourneraient chaque moment de mon enfance pour comprendre où ils avaient échoué.

Mais ce n'était pas de leur faute. Ils m'avaient toujours aimée. Seulement, ça ne suffisait pas, plus rien ne suffisait. C'était trop dur.

Je posai ma lettre à côté de celle de Julie, puis me levai lentement. Tout semblait plus lent, plus lourd, mais paradoxalement, je me sentais aussi plus légère. Plus légère que je n'avais jamais été ces dernières années. Comme si j'étais déjà en train de disparaître, que tout était déjà fini.

Je traversai ma chambre, et pris une grande inspiration avant de me diriger vers la salle de bain. Tout était prêt, j'avais tout prévu. Depuis des mois, j'avais arrêté mon traitement et accumulé les pilules dans un tiroir. Au début, c'était une sécurité, une sorte de « au cas où ». Puis cette terrible idée avait finalement pris racine, bourgeonnant lentement dans mon esprit, se faisant une place dans mes pensées jusqu'à devenir une certitude.

J'avais dit à mon psychiatre que ça allait mieux. Il avait souri, soulagé. Mais je lui avais menti. J'avais attendu, patienté, espéré que quelque chose change, mais rien n'avait changé. Et ce soir, ces pilules allaient enfin servir à quelque chose.

Je fermai la porte derrière moi, verrouillant doucement la serrure. Je ne voulais pas qu'on me trouve trop vite, je voulais être sûre de mon coup. Je voulais juste... dormir, que tout s'arrête pour de bon. Je voulais partir en douceur, dans la solitude, dans le calme.

J'ouvris le tiroir où j'avais caché les médicaments. Les petites pilules blanc et bleu s'alignaient parfaitement, comme une réponse silencieuse à mon désespoir. Mes doigts glissèrent sur le plastique froid des comprimés, c'était ironique, quelque part. Ces mêmes pilules qui étaient censées me sauver allaient finalement m'achever.

Je m'assis sur le rebord de ma baignoire. C'était étrange, cette sensation de calme. Ces dernières années, je n'avais ressenti que du vide, un gouffre qui m'avalait un peu plus chaque jour. Et là, enfin, tout était silencieux. Ce silence que j'avais envié depuis des mois, des années... Plus tous ces bruits dans ma tête... seulement le silence... ce doux silence...

Je pris une première pilule. Puis une deuxième. Le goût amer se répandit dans ma bouche, brûlant légèrement ma gorge.

Je les avalais méthodiquement, sans précipitation. Je voulais que ça soit doux, je ne voulais pas de douleur. J'en avais déjà assez supporté.

Je fermai les yeux un instant, laissant mon esprit vagabonder, laissant les images défiler.

Je nous revis, Julie et moi, en première année, pleines d'espoir. Les soirées passées à réviser, les fous rires à en pleurer. Nos réactions quand nous avons su que nous avions toutes les deux été acceptées en deuxième année de médecine.

Puis nos premiers stages, nos maladresses, nos victoires. Julie qui me regardait avec admiration, sans jamais voir la détresse dans mes yeux.

Puis Carla. Ses regards noirs, presque assassins, et ses mots tranchants, déguisés en plaisanteries. Les murmures, les messages, les rires étouffés. La peur constante, l'angoisse dans ma poitrine à chaque fois que je la croisais dans les couloirs. L'impression d'être coincée dans un cauchemar dont je ne pouvais pas m'échapper. Un cauchemar qui a fini par me coûter la vie.

J'aurais aimé lui dire que c'est elle qui m'a tuée, mais au fond, ce n'était pas que ça. C'était tout, c'était moi. Je n'étais simplement pas assez forte. Pourtant j'avais essayé. Dieu sait que j'avais essayé... Mais parfois, essayer ne suffit pas.

Je n'en pouvais plus. Je voulais que ça s'arrête.

Mon corps devenait lourd, mes paupières plus difficiles à maintenir ouvertes. Je sentais le sommeil s'infiltrer doucement en moi, m'enveloppant dans une étreinte tiède. Je me suis laissé glisser sur le sol, la tête contre le carrelage froid qui contrastait avec la chaleur de mon corps engourdi.

J'avais toujours aimé le froid. Il me rappelait que j'étais vivante. Je voulais ressentir ça avant de m'éteindre pour toujours, car bientôt, je ne le sentirai plus. Bientôt je ne sentirai plus rien.

Bientôt, ce ne serait plus qu'un souvenir.

Bientôt, tout serait fini.

Enfin, un dernier frisson parcourut mon corps. Je sentais ma respiration ralentir, mon cœur battre plus faiblement, mes pensées devenaient confuses.

Je n'étais plus sûre d'être éveillée ou endormie. J'étais peut-être dans un état entre les deux.

C'était donc ça, mourir ? Une sorte d'abandon ? C'était plutôt doux, finalement. Comme un long soupir après une vie trop lourde à porter.

Je pensais que j'aurais peur. Mais je n'avais plus peur. Je n'étais plus rien. Plus qu'un souffle.

Puis plus rien.

CHAPITRE 18

Une nouvelle étoile

Je me rappellerai toute ma vie de ce samedi 9 avril.

Je me préparais pour l'enterrement de ma meilleure amie.

J'ai enfilé ma robe noire, celle que Victoire aimait tant. Une robe simple, fluide, que je mettais souvent pour les grandes occasions. Je l'avais mise pour son dernier anniversaire. Mais aujourd'hui, ce n'était pas une fête, ni une soirée entre amies. Aujourd'hui, je la portais pour lui dire adieu.

Mes mains tremblaient en boutonnant le col. Je n'avais pas pleuré ce matin-là. J'avais passé les dernières heures figée, comme si mon corps refusait encore d'accepter la vérité. Comme si tant que je continuais de bouger, de respirer, Victoire n'était pas réellement partie.

Ma mère m'a attendu en bas, les yeux rougis, la mâchoire crispée. Je n'avais jamais vu ma mère pleurer, du moins pas devant moi. Elle a posé une main hésitante sur mon bras.

— Tu es prête ?

Non. Je ne serais jamais prête.

Mais j'ai acquiescé, parce que c'était ce qu'on attendait de moi.

Nous avons pris la voiture en silence. Les rues défilaient derrière la vitre, et tout me semblait irréel. C'était comme si je regardais un film, et que je vivais une scène qui n'était pas la mienne.

Il y avait du soleil ce jour-là. Un beau ciel bleu, sans le moindre nuage. La semaine dernière, Victoire rigolait en disant que ça prévoyait un été pourri. Et pour moi, il le serait.

C'était injuste. Le monde n'avait pas le droit de continuer à tourner alors que celui de Victoire, s'était arrêté.

L'église est pleine à craquer. Ses parents sont à l'avant, le visage marqué par la douleur. Sa mère s'accroche au bras de son père, incapable de retenir ses sanglots. Son père, lui, reste droit, figé, le regard vide.

Je n'avais jamais vu les parents de Victoire autrement qu'avec le sourire. Mais aujourd'hui, tout avait changé, tout avait basculé en quelques instants. Autour d'eux, des amis, de la famille, des professeurs, des camarades de la fac. Même ceux qui ne lui avaient jamais vraiment parlé étaient là.

Un murmure a parcouru l'assemblée quand je suis entrée. J'ai entendu mon prénom chuchoté, suivi de quelques regards compatissants.

Julie, la meilleure amie de Victoire. Julie, celle qui était toujours avec elle.

Julie, celle qui n'a rien vu venir.

Je m'assois au deuxième rang, juste derrière ses parents. Je veux être proche d'elle, même si ce n'est plus vraiment elle qui repose dans ce cercueil.

Un frisson me parcourut en voyant le bois verni. C'était trop petit. Trop définitif. Une boîte fermée, scellée, comme si on pouvait simplement enfermer une personne, une vie entière, et passer à autre chose.

Le prêtre a commencé à parler. Des paroles vides de sens, des phrases toutes faites sur la douleur du deuil, sur la nécessité d'avancer.

Je n'ai rien écouté, mon regard restant fixé sur le cercueil. Je savais qu'elle n'aurait pas aimé cette cérémonie. Victoire n'était pas religieuse. Elle aurait voulu quelque chose de plus simple, de plus intime.

J'aurais voulu lui demander ce qu'elle voulait.

J'aurais voulu pouvoir lui parler une dernière fois.

J'aurais voulu la serrer contre moi une dernière fois, plus fort que jamais, si j'avais su que ce serait notre adieu.

Puis les témoignages ont commencé. Une tante que je n'ai jamais vue prit la parole en premier. Elle parle de Victoire enfant, de ses sourires, de son amour pour la lecture. Puis un professeur, racontant à quel point elle était brillante, combien elle aurait pu aller loin.

Ils ne savaient rien.

Ils parlaient d'une Victoire qu'ils avaient connue de loin, d'une image figée dans le passé. Pas de celle qui pleurait en silence la nuit. Pas de celle qui souffrait en secret. Pas de celle qui a envoyé un dernier message avant d'éteindre son téléphone.

Quand le prêtre a appelé mon nom, j'eus un instant de panique. Mes jambes ont refusé de bouger. Je ne veux pas parler d'elle au passé. Je ne veux pas me tenir là, devant tout le monde, pour lui dire au revoir.

Mais je devais le faire. Pour elle.

Je me suis avancée jusqu'à l'autel, le papier tremblant entre mes doigts et je pris une inspiration tremblante.

Et j'ai parlé.

— Victoire était...

Ma voix se brise.

— Victoire est ma meilleure amie.

J'entends un sanglot étouffé quelque part dans la salle.

— Elle est la personne la plus lumineuse que j'ai jamais connue. Elle est toujours là, toujours prête à aider, à écouter. Elle a ce rire, ce sourire, cette façon de vous faire sentir important, même quand vous ne l'étiez pas vraiment.

Je ferme les yeux un instant, cherchant à rassembler mes pensées.

— Mais Victoire souffrait. Et on ne l'a pas vue. Je ne l'ai pas vue.

Ma gorge se serra.

— Je suis désolée, Victoire.

Les larmes que j'ai retenues toute la journée finirent par couler.

J'étais désolée. Désolée de ne pas avoir compris. Désolée d'avoir cru que ça allait mieux. Désolée d'avoir pensé qu'elle était plus forte que ça.

Je reposai mon discours sur l'autel, incapable d'en dire plus.

La cérémonie était presque finie quand je l'ai vue. J'ai cru avoir mal vu, mal compris. Mais elle était là, en noir, parmi les visages baignés de larmes. Carla.

Elle était là, debout, légèrement en retrait. Silencieuse. Ses longs cheveux blonds tombant sur ses épaules. Elle portait une robe sobre, élégante. Presque... appropriée. Mais elle n'avait rien à faire ici. Mon sang n'a fait qu'un tour.

Je l'ai fixée, incapable de détourner le regard. Comment avait-elle osé venir ? Comment osait-elle se tenir là, comme si elle avait le droit de pleurer Victoire ?

Mes mains se serrèrent en poings. Elle n'aurait jamais dû venir. Pas après tout ce qu'elle lui avait fait. Pas après toutes ces années de remarques perfides, de regards noirs, de messes basses dans les couloirs. Pas après avoir contribué, jour après jour, à briser Victoire.

J'ai attendu qu'elle baisse les yeux, qu'elle se sente au moins un peu coupable. Mais elle ne détourna pas le regard. Elle me regardait droit dans les yeux, avec une expression que je n'arrivais pas à décrypter.

Était-ce de la culpabilité ? De la honte ? Ou simplement un autre de ses masques ?

Elle n'a pas pleuré. Pas une larme. Juste ce regard fixe, presque absent. Puis elle s'est avancée doucement, alors que les gens commençaient à quitter l'église.

— Julie...

Sa voix était posée, presque douce. Je n'avais aucune envie de l'entendre. Je n'avais pas envie qu'elle prononce mon prénom comme si de rien n'était.

— Qu'est-ce que tu fais là ? crachai-je, la gorge serrée.

Elle eut un bref mouvement de recul, mais elle ne partit pas.

— Je... Je suis désolée.

Désolée.

Un rire amer m'échappa, un rire qui n'avait rien de joyeux.

— Désolée ? Tu es désolée ?

Ma voix tremblait, de rage, de douleur.

— Tu as passé des années à la briser, et maintenant, tu es désolée ?

Carla ouvrit la bouche, puis la referma. Pour une fois, elle ne trouvait rien à dire. J'aurais voulu la gifler. La secouer. Lui hurler à quel point elle était responsable. À quel point elle avait poussé Victoire au bord du gouffre.

Mais à quoi bon ?

Victoire était partie et rien de tout ça ne la ramènerait. Alors j'ai juste soufflé, d'une voix froide, tranchante :

— Tu n'as pas le droit d'être là.

Carla baissa la tête, mordant sa lèvre. J'ai cru voir comme une lueur de quelque chose dans son regard. Du regret ? De la peine ? Je m'en fichais totalement.

Elle a tourné les talons et s'est éloignée sans un mot. Je l'ai regardée partir. Et pour la première fois, j'ai vu Carla seule.

Quand la cérémonie fut terminée, nous sommes tous sortis lentement de l'église. Le cortège s'est dirigé vers le cimetière. Je marchais comme un automate, sentant à peine la main de ma mère sur mon bras.

La tombe était prête, un trou béant dans la terre. Ils allaient la descendre.

J'avais envie de crier, d'empêcher ça.

Mais je restais figée, incapable de bouger.

Une à une, les personnes présentes jetèrent une rose blanche dans le trou.

Quand ce fut mon tour, je pris la fleur d'une main tremblante.

— Je suis désolée, murmurai-je en la laissant tomber.

Quand tout fut terminé, les gens sont partis par petits groupes, en murmurant des condoléances, des paroles qui ne servaient à rien.

Je suis restée là, seule, devant cette tombe fraîchement refermée. Je me suis agenouillée, posant ma main sur la pierre.

— Tu me manques déjà, Victoire.

Le vent soufflait doucement, faisant danser les feuilles mortes autour de moi.

J'aurais voulu une réponse. Un signe.

Mais il n'y avait rien.

Juste un silence. Un vide immense.

Et cette certitude que plus rien ne serait jamais comme avant.

CHAPITRE 19

Le procès de la honte

L'affaire a fini par faire du bruit. Elle avait secoué toute l'université.

L'histoire d'une brillante étudiante en médecine, retrouvée sans vie dans sa salle de bain. Une jeune femme dont le sourire cachait une douleur invisible. Une jeune femme qui avait tenu bon jusqu'au bout, avant d'abandonner la lutte dans le silence et l'indifférence. Une histoire qui, comme tant d'autres, aurait pu passer sous silence si ses parents n'avaient pas décidé de se battre.

Mais ils avaient refusé que son histoire se termine ainsi. Ils avaient porté plainte. Contre l'université, pour son inaction. Contre Carla et ses amies, pour harcèlement moral ayant conduit au suicide.

Et je me souviendrai pour toujours du jour où j'ai appris la nouvelle.

— Ils ont décidé d'aller en justice, m'a annoncé ma mère d'une voix douce, comme si elle avait peur que je me brise.

Je ne savais pas quoi en penser. Une partie de moi voulait hurler que c'était inutile et que rien n'allait la ramener. Mais une autre partie de moi espérait que pour une fois, le harcèlement ne resterait pas impuni.

Le procès avait mis des mois à se préparer. Chaque jour qui passait me rappelait que Victoire n'était plus là. Chaque audience annoncée était comme un poignard qui nous rappelait ce que nous avions perdu.

Et aujourd'hui, enfin, nous étions là. Dans ce tribunal froid et impersonnel où tout se jouerait, où la vérité serait dite. Ou, du moins, ce qu'il en restait.

Je suis venue, le jour du procès. Je n'en étais pas obligée, ses parents ne m'ont pas forcée, mais je devais le faire. Pour Victoire. Pour lui rendre justice.

J'avais à peine dormi la veille. Mes mains tremblaient lorsque j'enfilai mon manteau. Ma mère voulait m'accompagner, mais j'avais refusé. C'était mon combat, le dernier que je pouvais mener pour Victoire.

Quand je suis arrivée dans le tribunal, la salle était déjà remplie. Journalistes, étudiants, professeurs. L'affaire avait attiré l'attention des médias, et tout le monde voulait savoir si, pour une fois, la justice reconnaîtrait la souffrance d'une victime de harcèlement et ferait payer les coupables. Le suicide de Victoire avait fait les gros titres, et le procès en responsabilité de l'université et de Carla était devenu un symbole. Un cas d'école. Mais moi je ne voulais pas d'un symbole, je voulais Victoire. Et elle ne reviendrait jamais.

À l'avant, ses parents étaient assis, leurs visages marqués par la douleur. Carla était là aussi, assise sur le banc des accusés, encadrée par ses parents et son avocat.

Je l'ai regardée. Elle n'avait plus rien de la fille populaire et sûre d'elle que j'avais connue. Elle avait perdu du poids, son teint était pâle, ses mains tremblaient légèrement.

Mais est-ce qu'elle souffrait vraiment ? Est-ce qu'elle regrettait Victoire ? Ou seulement les conséquences de ses actes ?

Elle portait une robe sobre, presque discrète, elle était cernée, le regard fuyant.

Les parents de Victoire ont parlé en premier. Sa mère, la voix brisée, explique comment sa fille a changé au fil des années. Comment elle est devenue plus distante, plus fragile, comment elle a essayé de masquer son mal-être. Son père, lui, reste plus froid, plus factuel. Il parle des messages retrouvés, des témoins qui avaient vu Carla murmurer dans son dos, des preuves qu'ils avaient accumulées.

— Ma fille est morte seule, parce que personne ne l'a protégée. Elle voulait être médecin, elle voulait aider les autres. Mais qui l'a aidée, elle ?

Un silence de plomb s'est abattu sur la salle.

L'avocat des parents de Victoire poursuivit la séance en rappelant les faits : les années de harcèlement insidieux, les remarques humiliantes, les regards noirs, les rumeurs, les messes basses qui suivaient Victoire comme une ombre. Et puis les messages, le poison qui s'infiltrait jusque dans son téléphone.

Puis vinrent les témoignages des professeurs. Beaucoup ont baissé les yeux, murmurant qu'ils n'avaient « rien vu », qu'ils ne « n'avaient pas conscience de la gravité de la situation ».

Comme toujours. Comme si ignorer le problème le rendait moins réel.

Puis quand c'est mon tour, j'ai un moment de panique. Je n'ai pas préparé de discours. Je me lève lentement, mon cœur battant à tout rompre.

J'ai regardé le juge, puis la salle.

Puis Carla.

Je ne savais pas par quoi commencer, alors j'ai simplement dit la vérité.

— Victoire était ma meilleure amie, dis-je d'une voix tremblante.

Un murmure parcourt l'audience.

— J'ai passé six ans à ses côtés. Six ans à la voir sourire, à la voir cacher ce qu'elle ressentait vraiment. Six ans à ne pas comprendre...

Ma gorge se serre.

— Mais elle souffrait. Et ce n'était pas un secret.

J'ai inspiré profondément avant de continuer.

— Tout le monde le savait. Tout le monde avait déjà entendu une remarque, vu un regard, perçu les messes basses dans les couloirs. Mais personne n'a rien fait.

Je fis un pas en avant, regardant Carla droit dans les yeux.

— Tu n'as rien fait, murmurai-je, ma voix tremblant. Tu as continué, encore en encore, et maintenant... elle est morte.

Carla ne détourna pas le regard. Elle ne pleurait pas. Elle ne s'effondrait pas. Elle était juste... là. Figée.

Le silence était insoutenable. Puis je repris, la voix plus forte :

— Victoire méritait de vivre. Mais elle a cru qu'elle ne le pouvait pas. Parce que le harcèlement, ça détruit. Ça isole. Ça tue.

Je repose mes mains sur la barre, le souffle court.

— Et si aujourd'hui nous sommes réunis ici, c'est parce que cette histoire ne doit jamais se répéter.

Un long silence suivit mon témoignage.

Puis Carla est appelée à parler. Elle avance lentement, les épaules voûtées. Quand elle prend la parole, sa voix est méconnaissable.

— Je... je ne voulais pas...

Elle s'arrête, cherchant ses mots. Je sens la rage monter en moi.

— Je ne pensais pas que c'était aussi grave. Je n'ai jamais voulu ça...

Si elle avait voulu ou non, cela ne changeait rien. Elle l'avait fait, elle avait brisé

Victoire. Et maintenant, elle se tenait là, à tenter d'expliquer l'inexplicable. Un frisson me parcourt, parce qu'elle ne niait pas, elle ne mentait pas. Elle disait juste la vérité brute et cruelle : elle n'avait jamais mesuré l'impact de ses actes.

Son avocat prend le relais, plaidant l'immaturité, l'effet de groupe, l'inconscience.

— Ma cliente regrette profondément... Elle était jeune, influencée par un groupe. Elle ne mesurait pas les conséquences.

Je ferme les yeux. Rien de tout ça n'avait d'importance. Rien ne changerait le fait que Victoire n'était plus là. Je voulais hurler à pleins poumons.

Après des heures de délibération, le verdict tomba.

L'université fut reconnue coupable de négligence. Carla, elle, écopa d'une peine avec sursis et d'une interdiction d'exercer dans le domaine médical.

Pas de prison et pas de réelle punition. Juste des mots sur du papier. Des obligations légales. Une décision qui n'effaçait rien.

Les parents de Victoire s'effondrèrent en silence et j'ai eu envie de crier.

Mais à quoi bon ?

Le mal était déjà fait.

Carla quitta la salle sans un mot, son visage fermé. Elle me regarda une dernière fois. Je l'ai observé partir, me demandant si, un jour, elle comprendrait réellement ce qu'elle avait fait. Si, un jour, elle porterait enfin le poids de ses actes.

Mais ce n'était plus mon combat. Il était trop tard et Victoire n'était plus là pour voir si justice serait un jour rendue.

Rien n'avait changé. Victoire était toujours morte.

Le procès était terminé, mais la douleur, elle, restait. La justice avait parlé mais la vraie justice, celle qui aurait empêché Victoire de partir, n'existait pas.

Et moi, je devais vivre avec ça.

Pour toujours.

CHAPITRE 20

Serment d'Hippocrate

Cinq ans.

Cinq ans depuis ce jour où tout s'est écroulé.

Cinq ans depuis que Victoire a disparu, laissant derrière elle un vide que rien n'a pu combler.

Cinq ans où j'ai avancé, non pas pour moi, mais pour elle.

Aujourd'hui, c'est le jour que nous avions tant rêvé ensemble. Le jour où nous devenons médecins. Le jour où nous prêtons le serment d'Hippocrate.

J'ai enfilé ma blouse avec des gestes lents et mesurés, savourant l'instant.

Victoire aurait été fière. Ou peut-être aurait-elle ri en me voyant si solennelle, moquant mon sérieux.

Je jette un regard dans le miroir. Pendant un court instant, j'ai presque l'impression de la voir derrière moi. Mais ce n'est que mon imagination.

J'inspire profondément et sors rejoindre mes parents. Ils sont là, debout, aux côtés des parents de Victoire. Ils n'ont jamais cessé de venir, car eux aussi ont tenu à ce que son rêve ne meure pas avec elle.

Sa mère me serre la main, son regard brillant d'émotion.

— Tu l'as fait, Julie.

Je hoche la tête, incapable de parler, puis nous entrons dans l'amphithéâtre.

L'amphi est bondé d'élèves en toges, de professeurs au premier rang, et le doyen prêt à entamer son discours.

Je jette un regard autour de moi. Je vois beaucoup de visages connus, beaucoup de sourires. Je me demande si certains pensent encore à elle. Si son nom résonne encore dans leurs esprits, ou si elle n'est plus qu'une silhouette floue dans leurs souvenirs.

Moi, je n'ai rien oublié.

Je me rappelle nos premiers jours en médecine. Nos rires et nos doutes. Les nuits blanches à réviser, les cafés trop forts, les fiches éparpillées sur nos bureaux.

Et je me rappelle aussi ce que personne ne voyait.

Le poids sur ses épaules. Le silence qui l'étouffait. Les regards qui la poursuivaient.

Et cette douleur qu'elle n'a jamais réussi à dire.

Le doyen prend la parole. Il parle du chemin parcouru, des sacrifices, de la vocation. J'écoute, mais mon esprit est ailleurs.

Puis vient le moment tant attendu. Le moment de valider ma thèse et de porter ce fameux serment. Nous sommes tous prêts à prononcer les mots qui feront de nous des médecins.

Quand mon tour arrive, j'inspire profondément. Puis je murmure chaque phrase en silence, comme une prière.

« Au moment d'être admise à exercer la médecine. Je promets et je jure d'être fidèle aux lois de l'honneur et de la probité. »

Victoire aurait été là, à mes côtés. Elle aurait levé les yeux au ciel en me voyant si émue, puis elle aurait serré ma main discrètement. Mais aujourd'hui, c'est sans elle, seule, que je prononce ces mots. Et pourtant... Je jurerais entendre sa voix, quelque part au fond de moi.

« Mon premier souci sera de rétablir, de préserver ou de promouvoir la santé dans tous ses éléments, physiques et mentaux, individuels et sociaux. »

Ces mots résonnent en moi comme une promesse brisée. Si seulement on avait su préserver la sienne, si quelqu'un avait vu à quel point elle s'éteignait, à quel point elle était brisée, avant qu'il ne soit trop tard. Mais aujourd'hui, alors que je prononce ces mots, je me fais une promesse silencieuse : je ne laisserai plus jamais une Victoire se perdre dans l'oubli.

« Je respecterai toutes les personnes, leur autonomie et leur volonté, sans discrimination selon leur état ou leurs convictions. J'interviendrai pour les protéger si elles sont affaiblies, vulnérables ou menacées dans leur intégrité ou leur dignité. Même sous la contrainte, je ne ferai pas usage de mes connaissances contre les lois de l'humanité. »

Je ferme les yeux un instant. Je me rappelle Victoire, sa gentillesse, sa volonté de toujours faire au mieux.

« *J'informerai les patients des décisions envisagées, de leurs raisons et de leurs conséquences.* »

Mais qui avait informé Victoire des conséquences de son silence ? Qui lui avait dit qu'il y avait encore une issue, un espoir, une main tendue qu'elle pouvait saisir ? Personne. Et moi, je n'ai pas su comprendre à temps. Alors aujourd'hui, je me promets de toujours entendre, voir, et prévenir. Parce qu'aucune décision ne devrait jamais être prise dans la solitude et le désespoir.

« *Je ne tromperai jamais leur confiance et n'exploiterai pas le pouvoir hérité des circonstances pour forcer les consciences.* »

Mais Victoire, elle, a été brisée par la trahison et le silence, forcée à croire qu'elle n'avait plus sa place, qu'elle ne valait rien. Puis elle a perdu confiance en ce monde, en elle-même, en l'avenir. Alors aujourd'hui je me fais la promesse de ne jamais détourner le regard et de toujours être une voix pour ceux qu'on réduit au silence.

« *Je donnerai mes soins à l'indigent et à quiconque me les demandera. Je ne me laisserai pas influencer par la soif du gain ou la recherche de la gloire.* »

Mais nous avons laissé Victoire tomber. Et cette pensée me brûle encore. Si quelqu'un lui avait tendu la main, si elle avait su qu'on pouvait l'aider... Je serais cette main, j'écouterais sans juger. Parce qu'un geste aussi simple peut suffire à sauver une vie.

« *Admise dans l'intimité des personnes, je tairai les secrets qui me seront confiés. Reçue à l'intérieur des maisons, je respecterai les secrets des foyers et ma conduite ne servira pas à corrompre les mœurs.* »

Elle a emporté les siens dans sa tombe. Et moi, je porterai son souvenir toute ma vie.

« *Je ferai tout pour soulager les souffrances. Je ne prolongerai pas abusivement les agonies. Je ne provoquerai jamais la mort délibérément.* »

Victoire a souffert dans le silence, et personne n'a su l'entendre. Elle a choisi de partir, mais ce n'était pas un choix libre, c'était l'ultime échappatoire à cette douleur. Alors, je me promets de ne jamais laisser une détresse sans réponse, de toujours voir au-delà des sourires, au-delà des silences. Parce que soulager les souffrances, c'est aussi empêcher qu'elles ne deviennent insupportables.

« *Je préserverais l'indépendance nécessaire à l'accomplissement de ma mission.* »

Une mission que je vis à sa place, pour elle, pour tout ce qu'elle n'a pas eu le temps d'accomplir. Chaque jour, dans chaque geste, je porterai son combat, sa mémoire, son rêve brisé. Parce que cette mission n'est plus seulement la mienne, elle est aussi celle de Victoire.

« *Je n'entreprendrai rien qui dépasse mes compétences, je les entretiendrai et les perfectionnerai pour assurer au mieux les services qui me seront demandés.* »

Elle aurait été une grande médecin, j'en suis persuadée. Elle aurait sauvé des vies.

« *J'apporterai mon aide à mes confrères ainsi qu'à leurs familles dans l'adversité.* »

Nous avons échoué à prendre soin d'elle et je me le jure au fond de moi, plus jamais. Je lève la tête et regarde les parents de Victoire. Je vois leurs larmes silencieuses, je leur dois cette promesse.

« *Que les hommes et mes confrères m'accordent leur estime si je suis fidèle à mes promesses ; Que je sois déshonoré et méprisé si j'y manque. »*

Mais quelle estime mérite-t-on quand on a échoué à sauver une amie ? Si être médecin, c'est veiller sur les autres, alors j'ai déjà failli avant même de commencer. Alors aujourd'hui, je fais une promesse silencieuse, plus forte encore que ce serment : ne plus jamais fermer les yeux, ne plus jamais permettre qu'une souffrance passe inaperçue.

Un silence puis la cérémonie se termine dans une salve d'applaudissements. Certains rient, pleurent, s'embrassent. Nous sommes médecins. Mais moi, je reste immobile, le regard fixé sur mes mains.

Le poids de ma décision n'a jamais été aussi fort. Je deviens médecin réanimateur. Pour Victoire. Parce que c'était son rêve, parce qu'elle aurait sauvé des vies, parce qu'elle aurait été formidable… et parce qu'on lui a volé cette chance. Alors, je la prends pour elle.

Un murmure me parvient.

— Elle serait fière de toi.

Je lève les yeux. C'est la mère de Victoire. Les larmes roulent sur ses joues, mais elle sourit. Je prends sa main dans la mienne et je ne dis rien, car il n'y a rien à dire.

Nous savons toutes les deux.

Ce serment, ce jour, cette réussite...

Tout cela est autant pour Victoire que pour moi.

Et quelque part, dans un monde que je ne peux voir, j'espère qu'elle aussi le sait.

Aujourd'hui, je porte cette blouse pour nous deux, et où qu'elle soit, j'espère que Victoire sait qu'elle ne sera jamais oubliée.

CHAPITRE 21

Ce que j'aurais voulu vous dire

Je ne sais pas si vous pouvez m'entendre de là où je suis, et si ce message vous parvient longtemps après mon départ. Je ne sais pas si vous êtes en colère, tristes, ou juste perdus. Mais si vous êtes ici, alors je vous demande une chose : restez jusqu'à la dernière ligne. Lisez-moi. Écoutez-moi. Entendez, enfin, ce que je n'ai jamais su dire.

Parce que moi, je n'ai pas su hurler. Je n'ai pas su frapper à votre porte. J'ai souri, j'ai dit « je vais bien ». J'ai donné le change. Jusqu'au bout.

Et pourtant, j'avais tellement besoin d'aide. J'aurais voulu dire que j'avais peur.

Pas de rater mes examens — ça, je savais que je pouvais survivre à l'échec. Mais peur de ne plus exister aux yeux des autres. Peur d'être vue comme la fille fragile, la fille bizarre, celle qu'on évite parce qu'elle gêne. Peur d'être un poids, même pour toi, Julie. Surtout pour toi.

Tu étais tout pour moi. Mon repère, la sœur que j'avais choisie, ma lumière dans les jours gris. Et c'est peut-être pour ça que je n'ai rien dit. Parce que je ne voulais pas que tu changes ton regard. Parce que je tenais à ton admiration, à ta confiance. Parce que je t'aimais, et que je ne voulais pas t'abîmer avec ma douleur.

Mais elle était là. Sourde. Tenace. Collée à ma peau comme une seconde ombre.

J'aurais voulu dire que Carla m'a tuée à petit feu.

Ce n'était pas un coup de couteau. Ce n'était pas spectaculaire. C'était plus perfide, plus invisible. Des mots, toujours à la limite. Des regards. Des silences bien placés. Des sous-entendus. Des sourires comme des lames de rasoir. Elle avait compris comment appuyer exactement là où ça fait mal, sans jamais laisser de trace.

Et personne ne l'a arrêtée. Parce qu'elle était brillante. Parce qu'elle faisait rire. Parce qu'elle était « juste un peu piquante ».

Mais moi, je me vidais de l'intérieur.

J'aurais voulu dire que je me sentais seule. Même entourée. Et c'est ça le pire, vous savez ? Se retrouver au milieu d'une salle pleine de monde et avoir l'impression d'être un fantôme. Que personne ne voit vraiment ce qui se passe derrière le masque.

On croit qu'il faut crier très fort pour être entendue. Mais parfois, on est déjà à bout de souffle. Parfois, on aimerait juste que quelqu'un pose la main sur notre bras et demande : « *Et si je t'écoutais vraiment ?* »

J'aurais voulu dire que je ne voulais pas mourir.

C'est ça que j'ai mis le plus de temps à comprendre. Je ne voulais pas mourir. Je voulais juste que ça s'arrête. Le bruit dans ma tête. Les battements de cœur qui cognent trop fort. Les nuits blanches, la boule dans la gorge, la peur constante. Je voulais juste un bouton « pause ».

Mais je ne l'ai pas trouvé.

Et le silence m'a semblé plus doux que la tempête.

J'aurais voulu que les profs voient, que l'institution comprenne. Qu'on arrête de penser que « les études de médecine, c'est dur pour tout le monde ». Oui, c'est dur. Mais ça ne justifie pas l'indifférence. Ça ne devrait pas normaliser le mépris, la violence ordinaire. On est censés apprendre à soigner, pas à s'éteindre.

J'aurais voulu que quelqu'un me dise que j'avais le droit de ne pas aller bien.

Qu'il n'y avait pas de honte à pleurer. À trembler. À dire stop. J'aurais voulu qu'on m'autorise à flancher, à ralentir, à dire « je n'en peux plus » sans que ça soit vu comme un échec.

Parce que ce n'était pas de la faiblesse. C'était juste... de l'usure.

J'aurais voulu qu'on parle de ça. Du harcèlement. Du mal qui s'infiltre sans qu'on le voie. De la souffrance étudiante. Pas juste à travers des campagnes d'affiches ou des numéros collés sur des portes qu'on n'ose jamais appeler. Mais vraiment en face à face. Dans les cours, dans les amphis, dans les TD.

Qu'on nous apprenne que notre santé mentale n'est pas un luxe.

J'aurais voulu, Julie, te serrer dans mes bras une dernière fois.

Te dire que tu n'as rien raté. Que je t'ai aimée plus que tu ne peux l'imaginer. Que si je ne t'ai rien dit, ce n'est pas parce que je ne te faisais pas confiance. C'est parce que j'avais honte. Parce que j'avais peur. Parce que j'étais déjà trop loin dans le noir.

Mais tu as été là. Même sans le voir. Tu m'as aimée dans mon silence. Et je veux que tu vives sans ce poids. Tu n'as rien à te faire pardonner.

Si je peux te laisser une chose, une seule, c'est ma lumière.

Prends-la.   Transmets-la.   Garde-la allumée pour celles et ceux qui vacillent encore. Reste cette personne qui tend la main même quand tout le monde détourne le regard.

Et vous, qui lisez ces mots...

Si un jour quelqu'un vous dit qu'il ne va pas bien, même du bout des lèvres, même avec un sourire, croyez-le.

Si quelqu'un devient plus silencieux, plus absent, plus fatigué... ne vous contentez pas de « ça va passer ». Allez au-delà. Restez. Insistez. Proposez un café, une marche, un regard sincère.

Si vous êtes cette personne en souffrance : je vous en prie, tenez encore un peu. Parlez. Hurlez s'il le faut. Mais ne laissez pas la douleur gagner. Vous méritez d'exister. Même quand vous doutez. Même quand tout semble flou.

Je ne suis plus là pour devenir médecin.

Mais vous l'êtes peut-être. Ou vous le serez. Alors promettez-moi de ne jamais oublier que derrière chaque blouse blanche, il y a un cœur qui bat, parfois trop fort. Une âme qui vacille. Une histoire qu'on ne voit pas.

Soyez humains. Avant tout.

Je termine cet adieu avec un dernier souffle d'espoir.

Peut-être qu'un jour, dans une salle de garde ou un amphithéâtre, quelqu'un racontera mon histoire. Pas pour pleurer.

Mais pour empêcher une autre histoire comme la mienne de finir pareillement.

Et si c'est le cas, alors peut-être que je n'aurai pas disparu pour rien.

Merci d'avoir lu. Merci d'avoir écouté.

Et si vous allumez une lumière ce soir... dites-vous qu'elle vient peut-être un peu de moi.

– Victoire

ÉPILOGUE

Le Serment et les Silences

L'estrade sentait la cire, le vieux bois et la tension. Julie se tenait droite, ses mains serrées autour d'un petit discours plié en quatre dans la poche intérieure de sa blouse blanche. Elle n'avait pas revêtu cette blouse depuis sa dernière année d'étude, mais aujourd'hui, elle la portait pour une autre raison. Pas pour sauver, pas pour agir. Pour se souvenir. Victoire n'avait pas eu le temps d'être médecin.

On avait calé des fleurs blanches sur le pupitre, comme si un bouquet pouvait recouvrir la honte.

Dans la salle, une centaine de visages silencieux. Des étudiants. Des internes. Des professeurs. Des camarades de promo tous médecins. Tous là. Tous présents. Trop tard. Il y avait des inconnus aussi, venus après avoir lu une ligne dans un mail de la faculté : « Cérémonie en mémoire de Victoire Frémont, étudiante en médecine disparue il y a dix ans ». Le mot était soigneusement choisi. Disparue. Comme si elle s'était volatilisée.

Mais Julie, elle, savait. Victoire n'avait pas disparu. Elle s'était effondrée.

Dix ans. Et pourtant, chaque détail de cette journée-là revenait à Julie avec une clarté douloureuse. Ses parents qui rentrent dans sa chambre, les larmes aux yeux, ce : Julie... Il faut que tu la laisses partir. Julie n'avait pas eu besoin d'entendre la suite.

Elle n'avait rien vu. Ou plutôt, elle avait tout vu, mais trop tard. Elle se souvenait de Victoire qui disait « je vais bien » avec les yeux rouges. De ses doigts qui tremblaient quand elle prenait des notes. De ses sourires trop larges. Des messages qu'elle montrait du bout des lèvres, sans jamais oser dire « j'ai peur ». Et Julie, elle, elle avait hoché la tête. Victoire avait dit « ça va aller ». Elle y avait cru. Elle voulait y croire. Parce que c'était plus facile que de voir la vérité. Parce qu'accepter que Victoire coulait, c'était admettre qu'elle la perdait déjà.

L'amphithéâtre A n'avait pas beaucoup changé depuis leur première rentrée, sinon l'écho plus lourd, le silence plus dense. Dans les rangs, quelques étudiants chuchotaient. Certains ne connaissaient pas Victoire. D'autres l'avaient à peine croisée. Mais tous semblaient touchés. Peut-être par l'idée que cela aurait pu être eux. Que cela pourrait encore.

Le doyen parlait. Julie n'écoutait qu'à moitié. Les mots s'écrasaient contre ses tympans. « Étudiante brillante », « Sensible », « Un drame pour la faculté ». Des mots bien rangés, bien propres. Des mots qui ne racontaient pas la vérité. La vérité, c'était que Victoire avait été broyée. Lentement. Subtilement. Par des sourires empoisonnés, par des regards méprisants, par un harcèlement que personne n'avait voulu nommer. Elle observait la rangée de portraits posés à l'entrée. Une photo de Victoire souriante. Trop souriante. Celle que tout le monde avait connue. Celle que personne n'avait vraiment vue.

Elle pensa à cette nuit-là. Le soir du drame. Elles avaient été en stage ensemble, en psychiatrie. Victoire semblait ailleurs, elle avait sûrement déjà pris sa décision. Puis elle était partie, comme d'habitude. Un « à demain » jeté dans le couloir, léger, trop léger. Julie s'en était voulu pendant des mois de ne pas avoir entendu l'appel muet.

Quand on lui avait proposé de parler à la cérémonie, Julie avait hésité. Elle n'aimait pas parler en public. Encore moins de choses qui saignent à l'intérieur. Mais elle s'était forcée. Parce que Victoire le méritait. Parce qu'elle ne voulait plus que personne ne vive ce qu'elle avait vécu. Ni l'enfer silencieux de

Victoire, ni le vide assourdissant qui restait. Parce qu'il ne fallait pas que ça recommence.

Elle se leva. Son discours, elle l'avait écrit la veille, en larmes, à l'aube. Mais elle ne le sortit pas. Elle parla sans papier, sans filtre.

— Bonjour à toutes et à tous. Je suis Julie. J'étais... je suis la meilleure amie de Victoire.

Un frisson dans la salle. Elle sentit sa voix trembler, mais elle était ancrée dans le sol, droite.

— Depuis cinq ans, je suis médecin. Médecin réanimateur, car c'était le souhait de Victoire. Et chaque jour, je me rappelle pourquoi j'ai choisi de le devenir. Pas pour les diagnostics brillants. Pas pour le prestige. Mais pour la promesse que je me suis faite devant le cercueil de mon amie : faire en sorte que personne d'autre ne tombe dans le silence.

Elle prit une grande inspiration avant de continuer.

— Victoire s'est suicidée à 24 ans. C'est ça, la vérité. Et si vous vous attendiez à une cérémonie lisse, je suis désolée. Mais je ne peux pas mentir. Pas encore. Pas ici.

Elle marqua une pause. Ses mains tremblaient. Mais sa voix, non.

— Elle est morte seule, dans une chambre qu'elle avait décorée de guirlandes lumineuses et d'espoirs qu'on lui a volés. Elle est morte après des années à se taire, à sourire, à se convaincre que ce n'était pas si grave. Parce que moi, parce que nous tous ici, on n'a pas vu. Ou on n'a pas voulu voir.

Un souffle long s'échappa de ses lèvres. La douleur était là, toujours vive. Toujours brûlante, même après tant d'années.

— Je suis devenue médecin. J'ai réanimé des cœurs, recousu des peaux, extirpé des corps de la mort. Mais je n'ai pas su sauver la personne qui comptait le plus pour moi. Parce que je n'ai pas écouté assez fort. Parce que je me suis dit qu'elle tiendrait bon. Parce que je n'avais pas compris que les silences tuent.

Elle fixa la salle. Des yeux humides. Des regards fuyants.

— Victoire n'est pas morte parce qu'elle était fragile. Elle est morte parce que ce monde est sourd aux détresses invisibles. Parce que les cruautés quotidiennes, les regards en coin, les moqueries déguisées, les humiliations silencieuses... finissent par tuer. Un jour, goutte après goutte, on déborde.

Sa voix se brisa, une seconde. Puis elle reprit, plus bas. Plus intime.

— Elle m'a écrit une lettre. Une seule. Je l'ai reçue quelques jours après. Elle y avait écrit : « Je suis désolée. Tellement, tellement désolée. Je sais que ça va te faire du mal, que tu vas en vouloir à la terre entière, que tu vas peut-être même t'en vouloir à toi-même... ».

Julie posa la main sur sa poitrine. Elle sentit le papier sous sa blouse. Il était là. Elle l'avait laissé dans sa blouse.

— Je ne la juge pas. Mais je m'en veux. Tous les jours.

Elle baissa les yeux.

— Aujourd'hui, je veux vous demander une chose. Une seule. La prochaine fois qu'un sourire vous semble un peu trop figé. Qu'une main tremble. Qu'un « ça va » sonne faux... ne détournez pas le regard. N'attendez pas le drame pour voir ce qu'on vous montre depuis des mois, voire des années.

Un silence écrasa la salle.

— Victoire aurait pu être là. Elle aurait été une médecin exceptionnelle. Elle aimait les patients, elle avait cette douceur... Cette lumière. Mais elle est partie. Et elle ne reviendra pas. Alors à nous de faire en sorte que d'autres ne partent pas avec elle.

Un murmure dans la salle. Des étudiants baissent la tête. Un professeur fixe le sol. Julie respire.

— Aujourd'hui, je ne veux pas qu'on parle seulement de Victoire comme d'une victime. Je veux qu'on se souvienne d'elle comme d'un signal. Une alarme. Une conscience. Une promesse à tenir.

Elle sort un petit papier de sa poche. Le pli est jauni, usé.

— Victoire avait écrit ça, sur un coin de page, entre deux schémas de neuro. Je l'ai retrouvé bien après, dans ses affaires. Elle disait : « *Si un jour je tombe, j'aimerais que quelqu'un sache que je me suis battue. Même si personne ne l'a vu.* »

Julie leva les yeux. Des larmes, dans certains regards.

— Alors aujourd'hui, je le dis : Victoire s'est battue. Jusqu'à son dernier souffle. Et c'est à nous maintenant de nous battre pour les autres.

Elle s'arrêta. Le silence était lourd, mais respectueux. Puis un premier applaudissement, timide. Et bientôt, toute la salle. Longtemps. Sincèrement.

Julie redescendit lentement de l'estrade. Ses jambes étaient de coton. Elle alla s'asseoir à sa place, les larmes brouillant sa vue.

Après la cérémonie, plusieurs étudiants vinrent la voir. Certains lui parlèrent de leurs propres angoisses. D'autres restèrent muets, les yeux humides. Une jeune étudiante de troisième année, les doigts tremblants, glissa à Julie :

— Je crois que j'ai une Victoire dans ma promo.

Julie la regarda. La voix tremblait, mais les yeux étaient clairs.

— Je ne sais pas comment lui parler. J'ai peur de mal faire.

Julie lui prit la main.

— Fais juste... quelque chose. Même petit. Même maladroit. Mais qu'elle sache qu'elle existe.

L'étudiante hocha la tête. Elle pleurait.

Sur le chemin du retour, elle s'arrêta devant le banc près de la BU. Celui où elles révisaient souvent ensemble. Elle s'y assit. Le ciel était gris, mais doux. Julie ferma les yeux un instant. Elle revit Victoire, son rire, sa façon de lever les yeux au ciel quand un prof parlait trop vite. Elle aurait dû être là aujourd'hui. Médecin réanimateur, elle aussi. Peut-être cheffe de clinique, un jour. Peut-être... tout.

Mais Victoire était partie. Et Julie restait. Pour elle. Pour celles et ceux qui n'osaient pas parler. Pour celles et ceux qu'on ne voyait pas tomber. Elle avait choisi de devenir médecin, oui. Mais surtout, elle avait choisi de devenir une de ces personnes qui voient. Qui entendent. Qui tendent la main.

Elle sortit un petit carnet de sa poche. Sur la première page, elle écrivit :

« Promis, Vic. Plus jamais je ne détournerai les yeux. Je les garderai ouverts. Pour toi. Pour nous. Pour toutes les Victoire que le monde refuse d'écouter. »

Elle sourit. Une larme coula, discrète. Et le vent, léger, sembla l'emporter jusqu'au ciel.

Le soir, Julie rentra seule chez elle. Elle s'assit sur le canapé, encore en blouse. Elle ne voulait pas l'enlever. Elle voulait garder l'odeur de cette journée.

Elle alluma son ordinateur. Sur son bureau, un dossier : Projet Victoire. Un programme de repérage précoce du harcèlement en faculté. Une ligne d'écoute. Des témoignages. Une vidéo. Un jour, elle publierait tout ça. Un jour, elle oserait.

Mais ce soir, elle n'écrivit rien.

Elle se leva, alla jusqu'à la bibliothèque, et sortit un vieux carnet noir. Celui où Victoire dessinait des synapses à côté de petits cœurs. Celui où elle avait griffonné, un jour, cette phrase :

« Si je disparais, que quelqu'un garde la lumière. »

Julie alluma une bougie. La posa devant elle. Et murmura :
— Je la garderai. Je te le jure.

Je veillerai. Pour elle. Pour les autres. Jusqu'à ce qu'il n'y ait plus de Victoire à enterrer.

— REMERCIEMENTS —

Écrire un livre est une aventure intérieure, mais jamais complètement solitaire. À chaque étape, j'ai été portée, soutenue, encouragée — et pour cela, je tiens à exprimer toute ma gratitude.

Je remercie d'abord ma famille, qui a été la première à plonger dans ces pages, avec attention, patience et générosité. Merci à ma maman, à ma grand-mère et à ma tante, qui ont pris le temps — plusieurs fois — de relire ces pages avec soin, d'en corriger les maladresses, de m'aider à mieux dire ce que je voulais exprimer. Vos retours ont été précieux, toujours empreints de bienveillance et d'amour. Vous avez su être mes premières lectrices avec patience, lucidité et tendresse. Vos remarques et vos conseils m'ont permis de prendre du recul et de m'améliorer. C'est grâce à vous que ce texte a pu mûrir, trouver son ton, sa justesse, sa vérité.

Un merci tout particulier à mon frère (Paul), ma sœur (Sarah), ma mère et mon père qui ont dû m'écouter sans relâche leur poser mille questions, leur demander leur avis sur tel ou tel passage, parfois au beau milieu d'un repas ou d'un moment de calme. Merci de m'avoir supportée dans mes interrogations (et mes petites obsessions d'autrice en herbe), toujours avec patience et humour.

Papa, maman… Les mots me manquent un peu. Car si mon histoire ne ressemble pas à celle de Victoire, c'est grâce à vous. Dans ces années où les mots blessants, les silences pesants et les regards durs faisaient partie du quotidien, vous étiez cette lumière tranquille, cette main tendue qui ne juge pas, qui ne demande rien, qui aime, simplement. Vous m'avez appris que la douleur ne devait jamais devenir une prison, et que l'on pouvait se relever sans honte. Merci de m'avoir entourée, protégée, et surtout, crue. Merci de m'avoir donné la force de transformer ce que j'ai vécu en quelque chose de plus grand, de plus libre. Vous m'avez appris à ne pas baisser les yeux, à garder la tête haute, à croire que ma voix comptait. Ce livre est né de ce que j'ai vécu, mais il est resté possible grâce à l'amour que vous m'avez donné. Merci de m'avoir protégée, de m'avoir portée, et de m'avoir laissée libre de devenir moi. Ce livre, c'est aussi une preuve de tout ce que vous m'avez transmis.

À mes copines, qui se reconnaîtront : merci d'avoir cru en moi, parfois plus fort que moi-même. Merci pour vos encouragements, vos messages, vos sourires. Votre confiance m'a poussée à croire, à mon tour, que cette histoire méritait d'être racontée.

Et à tous celles et ceux qui m'ont accompagnée, soutenue, ou simplement écoutée pendant que je racontais cette histoire comme si elle comptait plus que tout : merci. Ce livre n'existerait pas sans vous.

Ce livre n'est pas que le mien. Il est aussi un peu le vôtre.